WILDES SCHÖNES TIER

FRIDOLIN SCHLEY

WILDES SCHÖNES TIER

Erzählungen

BERLIN VERLAG

Wir danken dem Rowohlt Verlag für die freundlich erteilte Abdruckgenehmigung des Zitats auf Seite 9.
Zitat aus: Robert Musil, *Der Mann ohne Eigenschaften*
In: Robert Musil, *Gesammelte Werke*

FSC
Mix
Produktgruppe aus vorbildlich bewirtschafteten Wäldern und anderen kontrollierten Herkünften
www.fsc.org Zert.-Nr. GFA-COC-1278
© 1996 Forest Stewardship Council

Umschlaggestaltung: Nina Rothfos und Patrick Gabler, Hamburg
Typografie: Birgit Thiel
Gesetzt aus der Bembo von Greiner & Reichel, Köln
Druck und Bindung: Ebner & Spiegel, Ulm
Printed in Germany 2007
ISBN 978-3-8270-0747-6

www.berlinverlage.de

INHALT

Unannehmlichkeiten durch Liebe
9

Landerhebung
53

Das Herz der Republik
59

Stendhal, Stockholm
75

Wildes Schönes Tier
99

Die Achte Welt
123

»Wenn ich das jetzt überdenke, kann ich mich wundern, daß ich aus der Welt dieser Fieber doch immer wieder ganz zurückkam und mich hineinfand in das überaus gemeinsame Leben, wo jeder im Gefühl unterstützt sein wollte, bei Bekanntem zu sein, und wo man sich so vorsichtig im Verständlichen vertrug.«

Rainer Maria Rilke

Die Aufzeichnungen des Malte Laurids Brigge

»Ulrich hatte den bestimmten Eindruck, daß sie auserwählt seien, einander große Unannehmlichkeiten durch Liebe zu bereiten.«

Robert Musil

Der Mann ohne Eigenschaften

UNANNEHMLICHKEITEN DURCH LIEBE

Durch einen günstigen Zufall hatte ich, nachdem ein längerer Auslandsaufenthalt auf beunruhigende und übereilte Weise zu Ende gegangen war, ohne größeren Bewerbungsaufwand eine Anstellung als Volontär im Lektorat eines angesehenen Buchverlages gefunden. Zu meinen Aufgaben gehörte neben dem Redigieren von Übersetzungen kleinerer Jugendbücher, dem Abgleichen unterschiedlicher Druckfassungen und dem Korrekturlesen von Werbeanzeigen und Vorschautexten auch das Prüfen und Beantworten der sogenannten unaufgefordert eingesandten Manuskripte. Was ich mir zunächst noch als eine spannende Begegnung mit den subversiven Strömungen einer literarischen Schattengemeinschaft vorgestellt hatte, erwies sich bald als eine nicht zu bewältigende, sich jede Woche höher vor mir auftürmende Sisyphosarbeit.

Schon bei meinem Vorstellungsgespräch hatte man mich darauf hingewiesen, dass das Lesen und Archivieren der eingesandten Texte sowie das Verfassen standardisiert-unverbindlicher Ablehnungsschreiben zu den fruchtlosen Gewissensaufgaben eines Verlages gehörten, denn einerseits geböte es zwar das Ethos der Branche, jedem einzelnen

Antrag auf Einsichtnahme nachzukommen, doch zugleich sei die Wahrscheinlichkeit, dass unter den Hunderten von jährlich eintreffenden literarischen Entwürfen tatsächlich ein vielversprechendes Manuskript sei und man auf diese altmodische Weise ein bisher verkanntes Talent entdecke, gering bis an die Grenze der Unmöglichkeit.

Angesichts der offen ausgesprochenen Sinn- und Aussichtslosigkeit dieser Arbeit fing ich schon bald an, sie aus tiefster Seele zu hassen, und nicht nur die Manuskripte selbst, Tausende von Seiten mit ungelenk formulierten Sätzen und halb durchdachten Ideen, sondern auch die dahinter sich verbergende Schreibwut, diesen unbedingten Willen, sich mitzuteilen. Dass ich selbst erst unlängst ein literarisches Schreibvorhaben, mit dem ich mich innerlich jahrelang ergebnislos getragen hatte, für immer verworfen hatte, mag mich zusätzlich eingenommen haben gegen diese Versuche, noch das Belangloseste in Buchstaben und Zeilen zu verwandeln, nur um dabei mit Präzision am Leben vorbeizuzielen.

Nicht zuletzt gehemmt von Skepsis gegenüber eigener Urteilsfähigkeit nahm ich mir zu Beginn noch die Zeit für eine aufmerksame Lektüre jedes einzelnen Manuskripts. Bald stapelten sich die Packen fast einen halben Meter hoch auf meinem Nachttisch, ich las sie bis spät in die Nacht und selbst an den Abenden der Wochenenden. So viel las ich in den ersten Monaten meiner Anstellung, dass ich bisweilen glaubte, die Wörter näherten sich mir bedrohlich und griffen nach meinem Verstand. Ich machte es mir zur Regel, nicht eher endgültig zu urteilen, bis ich nicht mindestens ein Drittel des jeweiligen Buches gelesen hatte, ganz gleich wie umfangreich es war, und ob es sich um einen Roman, um Erzählungen oder lyrische Miniaturen handelte.

Was mich dieserart auf dem Postweg erreichte, ungeprüft durch eine beurteilende Instanz wie etwa eine Literaturagentur, war von kaum einzugrenzender Vielfalt und zugleich wie von einem einzigen großen Hirn erdacht. Innerhalb eines halben Jahres habe ich mit Sicherheit vier Dutzend Beziehungsgeschichten mit suizidalem Unterton gelesen, ebenso viele Entwürfe von Kriminalgeschichten, in denen Haustiere eine entscheidende Rolle spielten, sowie bestimmt zehn Essaybände mit Urlaubserfahrungen in Südamerika und (ungelogen) drei Gedichtsammlungen unterschiedlicher Verfasser mit dem Titel *Erotica.* Mitunter war Alarmierendes dabei, etwa ein detailreiches Hohelied auf die Pädophilie oder der Versuch eines männlichen Bewerbers, den Wort für Wort abgetippten Roman *Der Erwählte* von Thomas Mann als den seinen (der nun *Auf dem Stein* hieß) auszugeben, doch im Ganzen musste ich den Eindruck gewinnen, dass den Menschen nur eine äußerst begrenzte Anzahl von Wegen offen stand, sich sprachlich der Welt zu nähern. Ohne dass ich es hätte begründen können, hatte dieser Gedanke etwas angenehm Beruhigendes für mich.

Der Umschlag von Arnold Brand kam wenige Tage vor der halbjährlichen Vertreterkonferenz. Es gab viel zu tun, noch mehr als sonst, eine Aushilfslektorin musste mit der laufenden Produktion vertraut gemacht werden, Manuskripte blieben liegen, und hätte Ulrike, die Praktikantin, sich nicht gewundert und amüsiert über die ungewöhnliche Formulierung des Anschreibens – sie hätte es mir nicht quer über den Schreibtisch zugeschoben mit einem aufmunternden Lächeln, hier, lies das mal, du bist schon wieder so blass, sondern hätte es einfach in die Kisten einsortiert wie Dutzende anderer Einsendungen in diesen Wochen.

Bitte verzeihen Sie mir mein zweifellos lachhaft jugendliches Anliegen, stand dort, *und zögern Sie nicht, mich zu enttäuschen, mich zu erleichtern, zumal ich Ihnen nicht einmal beschreiben kann, was ich Ihnen da zumute – vermutlich handelt es sich noch am ehesten um eine Reise- oder Liebeserzählung.*

Die wenigen dem Manuskript beigelegten Zeilen waren mit der Hand geschrieben, eine enge, dabei eckige, nur bei wenigen Buchstaben wie in plötzlichen Anfällen nach oben oder unten ausreißende und wie unter großer Anstrengung aufs Papier gebrachte Schrift. Kein anpreisendes Wort zum eingesandten Text, keine Erklärung, keine biographischen Angaben. Der Stapel dicht bedruckten Papiers, den ich aus dem Umschlag zog, war flach, nicht einmal 140 Seiten, schätzte ich, doch schon in der textlichen Gestalt unterschied sich Brands Roman von den sonst üblichen Standards, denn ganz anders als die meisten Autoren, die für gewöhnlich versuchten, ihren Werken ein ansprechendes und (oft durch großzügige Texteinstellungen) episch-gedehntes Äußeres zu verleihen, hatte Brand die Zeilen eng gesetzt und die Schriftgröße so klein gewählt, dass ich meine wöchentlich unzuverlässiger werdenden Augen beim Lesen zusammenkneifen musste.

Das Manuskript enthielt, soweit ich beim ersten Blick sehen konnte, keine äußerlich sichtbare Struktur, weder Kapitel noch Überschriften, nicht einmal Absätze, kaum einen Punkt, oft strukturierten nur wenige Gedankenstriche über mehrere Seiten sich ziehende Sätze. Einzelne Fotos waren eingefügt, ohne erkennbaren Zusammenhang zerrissen sie den Fluss der Prosa. Der Titel des Romans sprach mich auf unbestimmte Weise an, berührte mich in seiner unaufdringlichen Ironie. Ich schickte die anderen, die zum Aufbruch drängten – es war Mittagszeit –, voraus, sagte, ich würde nachkommen, und begann, jetzt da es endlich ganz ruhig war in diesem sonst immer zu engen, immer zu lauten und wegen der Glaswände zu jeder Zeit von allen Seiten einsehbaren Büro, Brands Roman zu lesen.

Wort für Wort las ich ihn, bis zur letzten Seite, ohne einmal abzusetzen, den ganzen Nachmittag. Als ich fertig war, entschuldigte ich mich, mir sei nicht wohl, und fuhr nach Hause, so schnell als sei ich auf der Flucht. Dabei hatte ich mich seit langer Zeit nicht mehr so gut gefühlt.

Der Titel lautete:

Unannehmlichkeiten durch Liebe

Hätte ich, wie es mit vielversprechenden Manuskripten die Regel war, in der wöchentlichen Lektoratssitzung den Inhalt von Brands Roman und die Besonderheiten der Form kurz und pointiert wiedergeben sollen, es wäre mir sehr schwergefallen. Streng genommen bildete den Rahmen des Romans tatsächlich eine Reise, wenn auch in einem skurril verdrehten Sinne, denn es war nicht, wie man nach der Formulierung des Anschreibens hätte erwarten können, eine Erholungs-, Studien- oder Familienreise, die hier beschrieben war, sondern eine Entführung.

Dem Roman als Motto vorangestellt war eine wissenschaftliche Definition des sogenannten Stockholm-Syndroms, angeblich dem Fachbuch eines Neurologen mit dem wohlklingenden Namen Didier Dardenne entnommen, welches, ausgehend von einer tatsächlichen Geiselnahme in Stockholm zu Beginn der siebziger Jahre, *eine starke emotionale, irrationale Bindung zwischen Geiseln und Geiselnehmern* bezeichnet, eine plötzliche, *unter Umständen bis an den Rand eines Liebesgefühls reichende Identifikation* der Bedrohten mit ihren Peinigern und ihren Motiven.

Die äußere Handlung, die mir auch beim wiederholten Lesen oft wie nebensächlich vorkam, wie ein notwendiges, aber für sich genommen unwesentliches Stützgerüst der üppigen Beschreibungen und Assoziationen, war die Geiselnahme einer Frau durch ihren eigenen Mann, der sie in der irrwitzigen Hoffnung entführt, durch das Heraufbeschwören des Stockholm-Syndroms wieder ihre Liebe gewinnen zu können. Erst kurz zuvor – so erfuhr man in einem Nebensatz – war er von ihr verlassen worden.

Die eigentliche Entführung, der gewaltsame Akt, vollzog sich schon auf der ersten Seite. In wenigen, nur mit dem Nötigsten ausgestatteten Sätzen, fast als habe es der Autor schnell hinter sich bringen wollen, wurde geschildert, wie ein Mann seine Frau (beide blieben bis zum Ende des Romans namenlos) im Fahrstuhl ihrer Arbeitsstelle überwältigt und in einem gemieteten Auto verschleppt. Man folgte einer langen, sich über Tage und Nächte hinziehenden Fahrt bis an die Küste eines nicht ausdrücklich genannten Landes, dessen natürliche Merkmale es jedoch recht deutlich als südeuropäische Atlantikregion Portugals oder Spaniens auswiesen.

Obwohl der Anfang des Romans viele Elemente einer klassischen Kriminalgeschichte aufwies (ein Gewaltverbrechen als Ausgangssituation, die Grenzkontrollen, die klaustrophobische Gesprächssituation im Auto, mehrere Fluchtversuche der Entführten), war das Erzähltempo eigenartig langsam, der hohe Ton der Sprache stand dabei in größtem Widerspruch zu dem auf den ersten Blick trivialen Geschehen, und ganz entgegen den Konventionen des Genres schritt die Handlung in langen, oft aufwendig, jedoch nie prätentiös verschachtelten Sätzen dahin; seitenlang wurde immer wieder die vorbeiziehende Landschaft beschrieben, und scheinbar nebensächliche Details fanden genaueste Beachtung – der Geschmack von frischem Obst, das durchs Autofenster von Straßenhändlern gekauft worden war, oder feinste meteorologische Veränderungen. Die wenigen direkt wiedergegebenen Gesprächsfetzen der beiden Reisenden waren nie eingebettet in fassbare Erzählsituationen, schienen weniger dem Vorantreiben eines zu vermittelnden Plots zu dienen als Teile eines großen Sprachgeflechts zu sein, in dessen Struktur selbst das Eigentliche sich vollzog, nämlich nichts weniger als das Wesen von Zeit und Erinnerung, von Liebe und Tod. So banal das beschreibbare Geschehen war, letztlich ging es schlicht um das große Ganze. Als Aufhänger für diese höchst indirekt sich vollziehenden Reflexionen eine ihrer Natur nach ganz der konkreten Welt verschriebene Entführungsreise zu wählen, empfand ich, je öfter ich Brands Roman las, als gänzlich brillanten Kunstgriff.

Der Text war pure Allegorie. Nicht das offen Auserzählte, das mit einer überspitzten, offensichtlich an den grotesken Erzählungen Borges' geschulten Schlusswendung im letzten Kapitel endet (der Plan des Mannes scheint zunächst aufzugehen, das Stockholm-Syndrom entfaltet seine Wirkung und treibt die Frau zurück in seine Arme, doch wie ein Zauber, der sich als Fluch entpuppt, gerät es außer Kontrolle, steigert sich immer weiter, bis hin zu einem mörderischen Liebeswahn, der die Frau ihren Mann in einem ekstatischen Vereinigungsakt töten lässt), war der wahre Gegenstand dieser Seiten, sondern die Sprache selbst und ihre Möglichkeiten, Unbeschreibbares darzustellen, den Vorgang der Erinnerung, den Lebenslauf der Liebe. In dem

Klappentext, den ich mich für die Erstausgabe schon schreiben sah, würde ich dieses Verfahren metafiktional nennen.

Den größten Raum in Brands Roman (auch wenn es sich im streng texttheoretischen Sinn vermutlich um keinen solchen handelte) nahmen die Beschreibungen des Strandes ein. Wenn man so wollte, passierte sonst überhaupt nichts. Und zugleich alles. Denn dieser Ort, mit seinem Strandvolk, jung und alt, seinen Gesetzmäßigkeiten und Abläufen, seiner wuseligen Lebendigkeit und seiner Nähe zum Meer, zum Ewigen, zum Unbekannten, war, so interpretierte ich, ein Abbild des Lebens, die Welt en miniature. Ein ganzer Roman, der nur an einem einzigen Strand spielte. Der keiner linearen Handlung folgte und dabei doch nichts ausließ. Mehrfach, wenn ich nächtelang über dem Manuskript brütete, meine Lektoratsvorschläge wieder und wieder prüfte und überarbeitete, wurde mir schwarz vor Augen bei dem Gedanken, wie gut dieses Buch werden konnte.

Die Geschichte hatte keinen klaren Erzählfaden. Beobachtungen der Gegenwart mischten sich mit fiebrig verschwommenen Erinnerungen und Assoziationen, oft sprangen Orte und Zeiten kühn innerhalb weniger Zeilen. Manche Passagen waren von schlichter, makelloser Schönheit. Eine stille elegische Panik bestimmte den Ton dieses Gefüges seitenlanger, alle syntaktischen Konventionen verachtender Sätze. Inhalt und Form ergänzten einander so ideal, dass ich glaubte, noch nie dergleichen gelesen zu haben, zeichnete das bald flirrend ruhelose, bald gleichmäßig fließende Erzählen doch die mentalen Extremzustände der Figuren aufs Genaueste nach. Die Form war der Inhalt.

Das Ziel der Entführungsreise war keineswegs zufällig gewählt. Jahre zuvor, so erschloss es sich einem nach und nach, hatten die beiden ihren ersten gemeinsamen Sommer an diesem Ort, an diesem Strand verbracht, und offensichtlich glaubte der verzweifelt Verlassene mit den überall lauernden Erinnerungen auch die Gefühle seiner Frau wieder wecken zu können. Die Tage verbringen sie am Strand, folgen dabei strengen Ritualen, die der Mann bestimmt, dabei seine Machtposition wahrend, wochenlang, und immer und immer wieder Schilderungen der Bucht, des Strandes und seiner Besucher, der Farben des Sandes, der Temperatur des Wassers, der Spiele der Kinder, der Formen der Wolken. Allein die subtilsten, beim ersten Lesen kaum wahrnehmbaren Variationen von Vokabular, Rhythmus und dem Tempo der Sätze zeigten an, welch ungeheure Veränderung sich im scheinbar Immergleichen vollzog: die Wirkung des Stockholm-Syndroms, die Wandlung des Gefühls der entführten Ehefrau von Abscheu und Angst zu Hinneigung und Begehren. *Unannehmlichkeiten durch Liebe* beschrieb, wollte man es in einem Satz sagen, wie Liebe entsteht und wie sie die Erinnerung und die Wahrnehmung prägt, doch beschrieben wurde das eben nicht, sondern gezeigt, durch die Beweglichkeit der Sprache vorgeführt, unmittelbar ausgestellt im Text selbst. Der Roman erzählte immer wieder das Gleiche und traf damit die repetitive Natur der Erinnerung. Der Ort, der Strand, die Fischer, die Boote, das Meer, die Touristen, die Dächer, die Wälder, der Weg zu den Felsen, bei Tag oder Nacht, immer dieselben Abläufe, dieselben Motive, dieselben Menschen, nur je leicht variiert in den Wendungen, in der Stimmung. Das war dreiste Gewalt am Leser. Und schlichtweg genial.

Der gesamte Roman war in der Du-Anrede geschrieben. Was leicht in den selbstverliebten Tonfall einer pathetischen Beschwörungs- oder Anbetungslitanei hätte abgleiten können, schien hier die einzig denkbare, sich geradezu aufdrängende Erzählhaltung zu sein. Denn zum einen mutete der Roman im Nachhinein wie ein einziges langes Stoßgebet an, wie eine letzte Lebensbeichte des Erzählers adressiert an sich selbst, den Entführer, im Augenblick seines Sterbens, als sein größter Wunsch sich erfüllt und ihn zugleich, im Moment höchsten Glücks, des Lebens beraubt. Zum anderen war die ungewöhnliche Du-Perspektive durch die Handlung motiviert: das Ehepaar, Geisel und Geiselnehmer, schläft nicht; stattdessen durchstreifen sie die Gegend, die Nacht, beobachten die Lichter der Fischerboote, die Einsamkeit des verlassenen Strandes. Eine schlüssige Erklärung für die Schlaflosigkeit blieb der Roman schuldig. Doch durch sie entfalteten sich weite Strecken des Textes, vor allem die Beschreibungen der Nächte, der langen Gespräche und Erinnerungen in völliger Dunkelheit, in einer eigentümlich somnambulen Atmosphäre, einer unscharf verzerrten Stimmung, in der auch die letzten Markierungen von Gegenwart und Vergangenheit, Realität und Fiktion sich verwischten und die jenem Grenzland zwischen Wachen und Träumen nachempfunden war, in dem, wie ich es selbst in vielen unruhig durchwachten Nächten erlebt hatte, die eigene Gedankenstimme zu einem spricht.

Schwierigkeiten bereiteten mir zunächst allein die eingefügten Fotografien. Zu groß schien mir die Diskrepanz zwischen der übertragenen, nur indirekt sich erschließenden Bedeutung des Romans und der ihrem Wesen nach aufdringlich konkreten Bilder, zwischen ihrem nackten Realismus und der schwebend traumwandlerischen Sprache. Die ohne erkennbares Ordnungsschema platzierten Fotografien hatten auf den ersten Blick keinen künstlerischen Eigenwert, einmal unscharf, einmal unter- oder überbelichtet machten sie den Eindruck amateurhafter, gedankenlos entstandener Urlaubsschnappschüsse. Ihresgleichen hätte

man in jedem Familienalbum finden können. Doch hier, umrahmt von Sätzen größter Kunstfertigkeit, irritierten sie mich in ihrer visuellen Selbstgefälligkeit, mit der sie sich buchstäblich zwischen ihnen breitmachten und wie selbstverständlich alle Aufmerksamkeit forderten.

Es handelte sich ausschließlich um Strandaufnahmen in Schwarzweiß, manche zeigten weitwinklig aufgenommene Panoramen der Küstenlinie, offenbar von einem Schiff aus fotografiert, andere dagegen verwischte, wie aus Versehen oder im Vorübergehen gemachte Stillleben in Großaufnahmen, eine aufgeklappte Sonnenbrille, die jemand im Sand liegen gelassen hatte, oder ein morsches, von der Flut angeschwemmtes Stück Holz, auf dem noch *Freguesia de Budens* zu entziffern war, vielleicht der Name einer entfernten Insel oder eines im Sturm gekenterten Fischerbootes.

Trotz meiner Vorbehalte gegen ihre sofortige Erfassbarkeit, die Leichtigkeit, mit der sich Fotos einem vermitteln, saß ich oft stundenlang über sie gebeugt und versuchte, allen Details auf die Spur zu kommen, immer in Sorge, etwas Entscheidendes zu übersehen, und in der vagen Erwartung, sie am nächsten Tag verändert vorzufinden, auf einer anderen Seite oder in abgewandelter Perspektive. Die Bilder illustrierten nicht das Beschriebene, sondern zeigten, wie jemand, der sich nicht schert um ein neben ihm geführtes Gespräch, völlig andere Motive, und auch der Text ging an keiner Stelle ausdrücklich auf die Fotos ein. Während der Roman selbst auf jede Figurenzeichnung verzichtete, nichts preisgab über Aussehen und Alter seines Personals, waren die Bilder von aufreizender Oberflächlichkeit. Auf den meisten Fotos waren Menschen zu sehen, eine Gruppe Jugendlicher, die sich um ein im Sand sitzendes, in seine Lektüre vertieftes Mädchen formieren, ein wie auf der Lauer liegender älterer Herr mit Feldstecher, der etwas offenbar Beunruhigendes am Horizont nicht aus den Augen lässt, oder die dem wulstigen Schwanz eines Fabeltiers gleichenden, ineinander verschlungenen Glieder eines schlafenden Paares.

Ich verfasste, da auf seinem Anschreiben keine E-Mail-Adresse und keine Telefonnummer vermerkt waren, einen Brief an Arnold Brand, in dem ich ihn zu seinem Manuskript beglückwünschte. Es sei im Lektorat auf großes Wohlwollen gestoßen und werde von mehreren Mitarbeitern hinsichtlich einer Veröffentlichung geprüft. Um ein paar Angaben zu seiner Biographie bat ich ihn außerdem und zu seinen bisherigen Publikationen, falls es solche gebe. In einigen sachlich anerkennenden Absätzen ging ich auf seinen Romanentwurf ein, legte meine Interpretation dar und versprach, mich auf der nächsten Lektoratskonferenz für ihn einzusetzen. Ein Erscheinungstermin sei angesichts der Feinarbeit, die trotz der erheblichen Qualität des Textes noch zu leisten sein würde, wohl frühestens zur Leipziger Buchmesse im folgenden Jahr denkbar. Ich fragte, ob er grundsätzlich für Lesungen zur Verfügung stünde. Selbstverständlich dürfe er von einem Verlag wie dem unseren keine horrenden Vorschusshonorare erwarten, die Zeiten, in denen Jungliteraten, wie noch vor wenigen Jahren, sechsstellige Summen für ein paar Dutzend Seiten eingestrichen hätten, seien ohnehin vorbei. Zuletzt fragte ich ihn noch, meine Neugier entschuldigend und damit erklärend, dass ich selbst eine Zeit lang als Schreiberling dilettiert hätte, wie er nur auf diesen obskuren wie faszinierenden Stoff und seine hoch artifizielle Umsetzung gekommen sei.

Keines meiner Versprechen setzte ich indes um, niemand erfuhr etwas von Brands Roman. Ich arbeitete abends und nachts und an den Wochenenden daran, radierte und überschrieb immer wieder aufs Neue meine Streichungen und Anmerkungen, bis der Text zuletzt so bedeckt war mit Lektoratszeichen, Pfeilen, Kreisen und verwischten Bleistiftspuren, dass mich manchmal Zweifel überfielen, ob diese bald heillos abgegriffenen Seiten für einen Außenstehenden noch den geringsten Sinn ergaben oder nicht vielmehr das Abbild einer kranken Seele waren.

Brands Antwort (ich hatte ihn gebeten, an meine Privatanschrift zu adressieren) ließ nicht auf sich warten. Es war ein handgeschriebener, sorgfältig formulierter und in ausgesuchter Höflichkeit gehaltener Brief von beachtlicher, sehr beachtlicher Länge. Statt Angaben zu Lebenslauf und Veröffentlichungen in tabellarischer Form zu bündeln, ging Brand, nach ausführlicher Bekundung seiner Freude und Dankbarkeit, auf gut zehn bis zwölf eng bis an die Grenzen der Lesbarkeit beschriebenen Seiten auf meine Fragen ein. Er gab an, aus der norddeutschen Provinz zu stammen, aus einem kleinen Ort namens Vechta. Später, in den sechziger Jahren, sei er nach Köln gezogen, in den Kölner Grünkohlmief, wie er schrieb, wo er während seiner Ausbildung zum Buchhändler seine ersten Gedichte über den Stoppelmarkt und die Kölner Kirmes geschrieben habe. Er übertreibe nicht, wenn er sage, dass er während dieser Zeit, und obwohl die katholische Buchhandlung seiner Lehre mehr als die Hälfte ihres Umsatzes mit dem Verkauf von Liturgica und Gebetsbüchern erzielte, Bücher so sehr geliebt habe, dass er frisch ausgepackte Neuerscheinungen von Luchterhand oder Suhrkamp am Geruch ihrer Klebebindung habe voneinander unterscheiden können. Über seine eigenen lächerlichen frühen Versuche könne er mit gutem Gewissen nur deswegen so frei Auskunft geben, weil er sie schon bald nach ihrer Entstehung restlos vernichtet habe. Nur an einige der Titel, die sich auszudenken ihm immer die größte Freude gewesen sei, so sehr, dass er oft die eigentlichen Verse nur ihnen zuliebe verfasst habe, könne er sich noch erinnern, *Bügelfalte als Gesetz der Natur* etwa, oder *Ode an die Orangensaftmaschine*. Einen heimlichen Hang zu trivialen Gegenständen, zu Sätzen, die den Alltag heiligten, könne er nicht leugnen, und auch wenn er mitunter nicht wenig Scham deshalb verspüre, deute er sie doch als letztes Erbe seines Vaters, eines Finanzbeamten kleinbürgerlichster Sorte, eines beschränkten und bösen Mannes, der seinerseits plattdeutsche Gedichte verfasste, als Büttenredner auf dem Dammer Karneval belacht wurde und den er, zu seiner eigenen Sorge, je länger dieser nun schon tot sei, umso mehr zu verachten lerne. Aber das gehöre mit Sicherheit nicht hierher. Genauso wenig wie die Erinnerungen an seine früheste Kindheit in Vechta, die wenigen Bilder und Orte, die ihm im Gedächtnis geblieben seien, die Laterne an der Thekla-Brücke, die er in einem späteren Gedicht als Mond angerufen habe, die Moorlandschaft des Füchteter Waldes, dessen Gestrüpp und morbide Ausdünstungen auf Feldern und Sandwegen ihm immer ein ähnlich seltsames Gefühl von Geborgenheit gegeben hätten wie der Anblick seiner

Großmutter im gepachteten Gartengrundstück neben dem Dominikanerkloster.

So ging es seitenlang. Entgegen meiner Hoffnung war Brand kein Debütant. Noch zu Schulzeiten war eines seiner, wie er schrieb, stark von Borchert beeinflussten Gedichte mit einem Förderpreis bedacht und in der Oldenburgischen Volkszeitung abgedruckt worden. Ende der sechziger bis Anfang der siebziger Jahre waren in kurzer Folge ein Roman mit dem Titel *Keiner weiß mehr* und zwei Lyrikbände erschienen, und es habe damals nicht wenige Stimmen gegeben, die ihn auf Augenhöhe mit den sogenannten Neuen Realisten um Brinkmann und Herburger gesehen hätten, was immer, so Brand, dieses sich selbst entlarvende literaturbetriebliche Gewäsch auch heißen möge.

Brands Angaben zufolge hatte er 1972 noch ein angesehenes Aufenthaltsstipendium in Italien angetreten, doch ein schwerer Unfall, der ihn auf einer Lesereise in London desselben Jahres ereilte und für Monate niederwarf – er habe, so sei ihm später berichtet worden, beim Überqueren einer Straße zur falschen Seite gesehen –, hatte den ungeheuer befreienden Wochen des ziellosen Herumschlenderns, Sich-Treibenlassens und wilden Protokollierens in den Straßen Roms und, wenn man so wolle, überhaupt seinem bis dahin gelebten Leben ein jähes Ende gesetzt. Nach seiner Entlassung war er nach Köln zurückgekehrt, hatte das Staatsexamen für das Grundschullehramt nachgeholt und war Lehrer geworden. Er habe nie wieder den Wunsch verspürt zu schreiben. Dreiunddreißig Jahre lang.

Ich müsse mich nicht entschuldigen, schrieb er, für meine Frage nach der Entstehung und dem autobiographischen Hintergrund seiner mir vorliegenden Prosaskizze, letztlich seien diese Fragen doch die natürlichsten und interessantesten, die Literatur aufzuwerfen in der Lage sei. Ihm selbst sei es jedenfalls ein Rätsel, warum er nach so langer Zeit noch einmal angefangen habe, sich zu quälen – tagsüber unterrichte er nach wie vor – mit diesem mühevollen, oft stunden- und tagelang stagnierenden, nicht selten rückläufigen Unternehmen, bei dem er fortwährend geplagt werde von heftigen Zweifeln seinem Gegenstand, überhaupt der Schriftstellerei gegenüber. Geholfen habe ihm dabei, dass er seit langem kaum noch schlafe – falls man seine nervöse Bewegungslosigkeit überhaupt als Schlaf bezeichnen könne. Er habe also viel Zeit.

Mit der Schlaflosigkeit habe ihn seine Frau, die er nicht aufhören könne, so zu nennen, wohl angesteckt, jedenfalls sei sie die Erste von beiden gewesen, die von nächtlicher Unruhe heimgesucht immer öfter aus dem Schlafzimmer geflohen sei, in die Küche oder vor den Fernseher, wo sie dann mit angezogenen Beinen und einer Tasse Tee oder heißer Milch gesessen und scheinbar friedlich vor sich hin geblickt habe. Nicht zu schlafen tue nicht weh, habe sie einmal gesagt, aber den Tag zu begehen ohne den Neuanfang des Erwachens am Morgen, ohne die tägliche Wiedergeburt in Unschuld, daran könne und wolle sie sich einfach nicht gewöhnen. Aber er verliere sich.

Seinem Roman lag, selbstverständlich, wie er schrieb, eine wirklich erlebte Reise zugrunde, genau genommen sogar zwei. Jegliches Mystifizieren liege ihm fern, er habe Schreiben nie anders als eine Art Wiederbesinnung und Fortführung von subjektiv Erlebtem, Gedachtem, Gefühltem empfinden können. Er erinnere sich noch mit größter Klarheit daran, wie er und seine Frau zum ersten Mal in Salema, einem kleinen Fischerdorf an der portugiesischen Atlantikküste, aus dem Bus gestiegen und mit schweren

Rucksäcken bepackt die schmale Dorfstraße bis zum Strand hinuntergelaufen seien, wie ihnen von allen Seiten freundlich neugierige Blicke und das eine oder andere *Bom dia* zuflogen, wie sie am Abend Quartier im Dachzimmer einer einheimischen Familie namens Belomonte nahmen und schließlich, entgegen allen Plänen, den Rest ihres Urlaubes an diesem Ort verbrachten, den er auch in nüchternen Momenten der Rückschau nicht anders als magisch bezeichnen könne. Man dürfe nicht vergessen, dass der Massentourismus damals, zu Beginn der siebziger Jahre, dort noch nicht angekommen war. Als sie sechs Jahre später zum zweiten Mal nach Salema gereist seien, hätten sie den Ort kaum wiedererkannt. Oder vielmehr sich selbst. Brand konnte nicht mehr mit Sicherheit sagen, wer von ihnen auf die irrsinnige Idee gekommen war, ausgerechnet dort, am Ort ihres ersten, vom trügerischen Treiben der Erinnerung verklärten Sommers, nach den Überresten ihrer einst drängenden Liebe zu suchen.

Brand und seine Frau Cornelia, oder Nele, wie er sie nannte, waren zusammen zur Schule gegangen, er einige Klassen über ihr, und man könne, so schrieb er, wahrlich nicht von Liebe auf den ersten Blick sprechen. Sie hatten sich in der Rhetorica, dem literarischen Verein des Gymnasiums Antonianum kennengelernt, bei den Proben zu »Draußen vor der Tür«. Er spielte den Beckmann. Später hätten sie oft über diese Zeit gelacht, über seinen pathetisch zur Schau gestellten Existenzialismus, der – wenn es, in ausschließlich schwarzer Kleidung, stets zerlesene Gedichtbände von Benn oder Heine gut sichtbar bei sich tragend, durch Vechta gestapft sei, meist über die Große Straße zum Bremer Tor – in so schreiendem Widerspruch gestanden habe zu seinem unbeholfenen bärenhaften Gang. Der dunkle Stoppelbart, den er sich für die Rolle wachsen ließ, wurde sein Markenzeichen. Eine durch und durch alberne Figur sei er damals gewesen, wie überhaupt jedermanns Jugend lächerlich sei, wenn man genauer hinsehe, da seien er und Nele sich einig gewesen, und auch darin, dass es umso seltsamer sei, dass man sie dennoch niemals loswerde, die lebenslange Sehnsucht nach der Kindheit. Allein seine tiefe, ohne die geringste Anstrengung noch den hintersten Saalwinkel erreichende Stimme, die er selbst immer als Geschenk empfunden habe, hatte Nele schon damals für ihn eingenommen bei der Premiere des Stücks, als er sein »Hat denn keiner eine Antwort?« in die Tiefe des Metropoltheaters gebrüllt habe. Doch wirklich kennen und dann sehr heftig und schnell lieben gelernt hatten sie sich erst Jahre später, nach einer seiner Lesungen, und sie habe, so Brand, nie einen Hehl daraus gemacht, wie sehr sie sich von seiner plötzlichen Berühmtheit hatte beeindrucken lassen, von seiner finsteren Selbstinszenierung als deutscher Céline, seinen von bedeutenden Rezensenten überschwenglich kommentierten Angriffen gegen den politischen Missbrauch der Literatur durch die deutschen Nachkriegsliteraten und seinem Eintreten für reinen Subjektivismus und entfesselte literarische Spontaneität.

Du schläfst nicht mit mir, sondern mit meinen Büchern, habe er einmal zu ihr gesagt, und sie habe es nicht geleugnet. Doch ohne Groll, und damit komme er wieder auf ihre letzte Reise nach Portugal, blicke er auf dieses erste gemeinsame Jahr zurück, als ihre Körper einander in einer Art zugetan waren, die er nur als machtvoll beschreiben könne.

Natürlich hätten sie niemals nach Salema zurückkehren dürfen. Es gab, so Brand, einen kurzen Augenblick, als sie dachten, ihr geheimer Plan gehe auf und es gebe ein Zurück in der Zeit, einen Schutzraum der Vergangenheit, als sie jenes zweite Mal, im Jahr nach seinem Verkehrsunfall sei das gewesen, mit dem Bus aus Lagos von der Hauptstraße auf den steil abschüssigen Serpentinenpfad abgebogen und die kurvige Straße hinunter zum Dorf gefahren seien, als erst das Meer, dann der Strand und schließlich die schmalen weißen, wie in einem kubistischen Gemälde eng verwinkelten, scheinbar ineinander verkeilten Flachdächer vor ihnen aufgetaucht seien und sie an der oberhalb der Dorfstraße gelegenen Bushaltestelle ausgestiegen und unter den Blicken der alten Fischer, die wie damals, als hätten sie dort sechs Jahre lang auf sie gewartet, auf einer Bank nahe dem Dorfplatz saßen, schweigend die Rua dos Pescadores in Richtung ihrer alten Unterkunft entlanggegangen seien. Auf den ersten Blick hatte sich kaum etwas verändert, einige Ferienbungalows waren hinzugekommen, aus der kleinen Taverne, in der sie damals direkt nach ihrer Ankunft unter Neonbeleuchtung ihr erstes Sagres getrunken hatten und die nun Aventura Bar hieß, kam das Gebimmel von Spielautomaten und drängte sich zwischen das Rauschen der Brandung und die Geräusche ihrer Sandalen auf den Pflastersteinen, doch noch schien sie möglich, die Vernichtung der Zeit, aber spätestens als sie das Haus der Belomontes, oder das, was davon übrig war, erreicht hatten, eine Ruine, hilflos beschmiert, *vende-se*, zu verkaufen, wünschte er, sie hätten diese Reise nicht angetreten, sondern sich einfach getrennt wie andere Paare.

Das Seltsame an der Erinnerung, schrieb Brand, an der Wiederbegegnung mit einst bekannten Orten und Menschen sei, dass jenes Gefühl der Vertrautheit in dem Augenblick, da man es erwarte und wünsche, sich in sein Gegen-

teil kehre, in einen Eindruck von Fremdheit und Distanz, der sich erst nach einiger Zeit verliere. Dass das Wissen um das Identischsein von Erinnerungs- und Gegenwartsbild eine Deckung der beiden schon nicht mehr zulasse. Und so habe er die ersten Tage nach ihrer Ankunft beinahe dauerhaft in einem Zustand schwindelerregender Irritation verbracht. Alles war wie früher, und alles war fremd.

Nur wenn sie am Strand lagen oder am Ufer entlang weite Ausflüge bis zu einer der nächsten Buchten unternahmen, erkannten sie sich noch manchmal wieder.

Schon immer, schrieb Brand, habe er Strände gewissermaßen als Zauberorte empfunden, so groß sei das Gefühl der Entspannung, ja der gänzlichen Befreiung von aller Last, sobald er die ersten Schritte barfuß durch den von der Sonne erhitzten oder von einer verebbten Flut geglätteten und vom trocknenden Salz verkrusteten Sand mache, dabei sacht absinke, auf angenehme Weise mühevoll nur vorwärtskomme. Nie habe er die Leidenschaft vieler für ruhige abgelegene Waldseen teilen können, für einsames Baden in verwunschenen Bachläufen, an verlassenen Stegen lauschiger Seeufer, und vermutlich sei es auf die vielen Sommerurlaube seiner Kindheit zurückzuführen, die seine Eltern mit ihm und seiner Schwester fast jedes Jahr an den Stränden Südfrankreichs verbracht hätten, dass es ihm niemals genug sein könne an Strandvolk, nie zu viel an aufgeregt spielenden, einander jagenden Kindern, an unter altmodischen Hüten oder billigen Kappen das Treiben beobachtenden, in Picknickkörben wühlenden Müttern, an Romanhefte oder Zeitungen lesenden Vätern, die beim Umblättern mit der Meeresbrise um die Seiten ringen, und dass ihn wahre Wogen des Glücks überschwemmten, sobald er auf seinem Handtuch unter dem Sonnenschirm liege, die Augen schließe und nichts anderes mehr wichtig sei als die sanft ihn einwickelnde Sprache dieses kleinen Universums, das Rufen und Lachen, das Fauchen der zusammenschlagenden, nach dem Ufer leckenden Brandung, die Anpreisungen der Eisverkäufer, die röchelnden letzten Atemzüge leerer Flaschen Sonnencreme und das gleichmäßige, wie ein Metronom all diesen Geräuschen ihren Takt vorgebende Patschen von Strandbällen auf gebräunte Fußrücken.

Nur dort hatte er seinen Vater jemals gelöst erlebt und seine Eltern glücklich. Er sehe noch oft seinen Vater, der selten schwamm, am Ufer stehen, nie weiter als bis zu den Knien im Wasser, die dünnen Arme abenteuerlustig in die Hüften gestemmt, wie er gelassen mit Urlaubsbekannten schwatzt, dabei gewandt von einer Sprache in die andere wechselnd, endlich ohne Verlegenheit, ohne den Drang zu fliehen, wie er von dort seiner Frau zuruft, Brands Mutter, komm ins Wasser, es ist herrlich, um gleich darauf abzuwinken, na, dann nicht, alter Besen. Alles geschah dort langsam, ohne Hast. Nichts war zu erledigen, nichts zu tun als für das Meer da zu sein. Ja, er habe, so schrieb Brand, jene wochenlange Ausgelassenheit nie als Faulenzen oder als Luxus empfunden, nicht einmal als bewusste Erholung, sondern auf seltsame Weise als eine Art Huldigung ans Meer, als Dienst an einem gütigen Gebieter. Jede Kleinigkeit, jeder Gang musste wohl überlegt sein, der Kauf eines neuen Sonnenschirms konnte Stunden, das Sammeln von Muscheln ganze Nachmittage in Anspruch nehmen, jede Tätigkeit war anschließend sogleich mit ausreichendem Ausruhen abzugelten, und er wisse genau, dass er als Junge manchmal vor Freude habe weinen wollen, wenn er nach einem Mittagsschlaf am Strand, vor Wind geschützt durch das Handtuch, das die Mutter vorsichtig über ihn gebreitet hatte, erwacht sei und kaum habe fassen können, dass der Strandtag noch nicht zu Ende war, dass das sorglose Vergeuden der Zeit mit keinem Aufbruch, keiner Erfüllung irgendeiner Pflicht abgebüßt werden musste, und dass die Schatten zwar schon länger wurden, das Licht gelber und dicker, aber dass er und die anderen dennoch bleiben würden, dass sie noch nicht gehen mussten – zwar bald, das schon, aber noch nicht, noch nicht.

Aus der Welt, aus der Zeit genommen waren diese Tage, an denen mit Nichtstun man schon sein Werk erfüllte, wie an fiebrig gestreckten Nachmittagen des Krankseins, des Betthütens in Schulzeiten. Mit welch ehrlich empfundener Traurigkeit er den Strand am Abend stets verlassen habe, als bereite es ihm Sorge, ihn in der dunklen Nacht sich selbst zu überlassen. Und wie quälend schön die Freude auf den Morgen war, vor dem Einschlafen, und wie groß die Sehnsucht, wenn einem Monate oder Jahre später aus einem achtlos aus dem Regal gezogenen, einst am Strand gelesenen Buch plötzlich Sand über die Hand rieselte.

Über einen Zeitraum von etwa sechs Wochen wechselten Brand und ich mehrere Briefe. Ich berichtete ihm über den Stand meiner Textredaktion, schickte ihm ein paar Dutzend Seiten zur Einsichtnahme und gab vor, die Verlagsleitung habe meine Empfehlung seines Manuskripts zur Kenntnis genommen und das Buch für das Herbstprogramm des folgenden Jahres eingeplant. Der Vertrag werde ihm zugehen, sobald über die Höhe des Vorschusses entschieden worden sei. Auch mit den Grafikern des Verlags stünde ich schon wegen der Umschlagsgestaltung in Kontakt. Ob er noch ein Foto senden könne. Sobald der Vertrag zur Unterzeichnung bereitliege, oder auch, falls er privat einmal nach Berlin komme (er wohnte noch immer in Köln), sollten wir uns dringend einmal – auf Verlagskosten – zum Mittagessen treffen und persönlich kennenlernen.

Nichts hiervon entsprach der Wahrheit und nichts davon schien Brand besonders zu interessieren. Auf meine Korrekturen und Anmerkungen ging er mit keinem Wort ein. In jedem Brief aufs Neue bedankte er sich zwar höflich für mein Engagement, aber nur um sogleich mit seinen Reiseerinnerungen dort fortzufahren, wo er in seinem letzten Brief geendet hatte.

So schrieb er, dass selbst die Gesetze und die Wirkung des Strandes nicht hätten verhindern können, dass Nele und er sich bald nur dann noch berührt hätten, wenn sie sich gegenseitig den Rücken eincremten. Manchmal machten sie kleinere Ausflüge in die umliegenden Ortschaften, besichtigten das Fort von Santa Cruz, das die Einwohner des Küstenstreifens im 17. Jahrhundert gegen einfallende maurische Piraten verteidigt hatten, abends grillten sie den Fisch, den Nele morgens bei den vom nächtlichen Fang heimkehrenden Fischerbooten kaufte. Nachts schliefen sie nicht. Nur in den frühen Morgenstunden fühlte Brand manchmal, wie sie sich neben ihn legte, sich an ihn schmiegte, um für wenige selige Momente Ruhe zu finden. Doch meist durchwachten sie die Nächte, still daliegend, dann wieder lesend oder Briefe schreibend, oder unterwegs auf langen Nachtwanderungen. Einige Male fand er sie, nachdem er selbst ein paar Stunden geschlafen hatte, bei Kerzenschein auf ihrer kleinen Terrasse mit gehetztem Ausdruck bewegungslos aufs Meer hinaus- oder auf ihren bis aufs Fleisch abgekauten Daumennagel starrend.

Rückblickend, schrieb Brand, habe Nele immer wieder eigenartige, Besorgnis erregende Dinge gesagt auf dieser Reise, zusammenhangslos bisweilen und nur, um anschließend wieder für Stunden zu verstummen, als entführen ihr, ohne dass sie es merkte, Fetzen eines Gesprächs, das sich tief in ihrem Inneren zutrug. Manchmal sprach sie ganze Tage lang kaum ein Wort – und dann plötzlich einzelne kryptische Sätze wie: Zeit ist das Feuer, in dem ich stehe.

Einmal wurde ein großer toter Schäferhund angeschwemmt, aufgedunsen, halb verwest trieb er lange in der Brandung, immer wieder von der Flut abgelegt auf dem Sandufer, von der nächsten Welle zurückgefordert und erneut angespült zwischen spielenden Kindern, deren Väter sie fortzerrten, und Arm in Arm flanierenden Paaren, die nur kurz den Kopf dem Kadaver zuwandten, weiterspazierten und lachten. Da sprang Nele plötzlich von ihrem Handtuch auf und schrie so laut, dass noch die Surfer von weit draußen zurück ans Ufer blickten, ja seht ihr Arschlöcher denn nicht, was hier vor sich geht, nur diesen einen Satz, und Brand sei hochgeschreckt und habe sie zurück unter den Schirm gedrängt und versucht zu beruhigen, alles sei o. k., ein Scheiß ist o. k., fuhr sie ihn an, merkst du denn nicht, was wir hier für ein albernes Stück aufführen, du sitzt hier, frisst Eis und liegst nachts neben mir, als wäre ich deine Mutter.

Am Tag zuvor, als er sie hatte überreden können, mit ihm Strandtennis zu spielen, und sie sich träge unter dem Schirm hervor- und ans Wasser, auf den nassen Sand geschleppt hatte, ließ sie nach einem verfehlten Ball ihren Schläger fallen, sank, als habe etwas Unsichtbares sie getroffen, in den Sand und brach, ohne etwas zu sagen, in Tränen aus. Es war nicht zu übersehen, dass sie litt. Beim Frühstück goss sie saure Milch über ihr Müsli und merkte es nicht. Beim Einkaufen stand sie minutenlang vor der Kühltruhe, weil sie sich nicht entscheiden konnte, welche Butter sie nehmen sollte. Sie vergaß, wenn sie duschte, wieder aus der Kabine zu kommen. Überall sah sie Zeichen des Verfalls, Symbole ihrer zerbrechenden Ehe, des Nicht-mehr, während er sich mit störrischer Kraft an das Noch-nicht klammerte, den Zauberspruch seiner Kindheit, noch konnten sie morgens zusammen zum Strand schlendern und abends zu ihrem Lieblingsrestaurant, noch konnten sie auf den Postkarten des anderen unterschreiben und sich nach dem Baden die Handtücher reichen, noch konnten sie einander aus ihren Büchern vorlesen und sich gegenseitig im Licht der Abendsonne fotografieren, sie würden auseinandergehen, das schon, vermutlich sogar bald, aber eben noch nicht, noch nicht.

Dabei gab es die Entfernung längst. Wenn er sich freute über die Entdeckung von Schwalben unter ihrem Dachsims, musste sie sich abwenden vor Ekel vor den wie beulige Geschwülste hervorquellenden Nestern. Wenn er den Zufall kaum fassen konnte, dass er in der Kiste eines *Jamies Book Shop* sich nennenden Bücherstandes, an dem Touris-

ten ihre ausgelesenen Urlaubslektüren für Neuankömmlinge zurücklassen konnten, zwischen einer Ingrid-Bergmann-Biographie und einem ins Schwedische übersetzten Kriminalroman von Patricia Highsmith die Erstausgabe seines eigenen Romans gefunden hatte, abgegriffen, zerlesen, mit eingerissenen Seiten und dem kreisrunden Abdruck einer abgestellten Kaffeetasse auf dem Umschlag, dann blickte sie minutenlang auf das schwarzweiße Foto auf der Rückseite, auf sein Gesicht mit dem Autorenlächeln, das er niemals sonst aufsetzte und von dem sie immer gesagt hatte, es sehe aus, als wollte er Clark Gable parodieren, er noch mit blonden, fast schulterlangen Locken und im Hintergrund unscharf der Brunnen am Lorettoplatz, und sagte schließlich nur: Dass du dich nicht schämst.

Und als er endlich wissen wollte, was sie bedrückte, ihr sagte, das sei doch normal nach so vielen Jahren, dass es sich nicht mehr so anfühle wie damals und dass man Orte natürlich je nach Stimmung anders wahrnehme, es sei doch kein Drama, dass sie sich nicht mehr nach einander verzehrten wie Teenager, wie sollte das auch gehen, sie verstünden sich doch gut, das sei das Wichtigste, dass sie einander vertrauten wie niemandem sonst und dass sie doch versuchen sollten, die Zeit zu genießen, alles würde sich lösen – da wurde sie wieder laut, fiel ihm ins Wort, was für ein Schwächling er doch sei, wie er das, was sich hier zwischen ihnen abspiele, nur so wegwischen könne mit seinem Geschwätz, so als sei es nicht das Ende von allem, wir verlieren uns, verstehst du das nicht, du lächerlicher Arsch, wir verlieren uns, und wie er nur erwarten könne, je wieder einen vernünftigen Satz zu schreiben, Menschen zu bewegen durch seine Bücher, wenn ihn doch selbst nichts mehr bewegte, wenn er kalt bleibe wie die Fische, die ihm so gut schmeckten. Er konnte darauf nichts sagen, so laut war die Stimme, die sich in ihm über ihn lustig machte, anstatt ihm einen rettenden Gedanken zuzuwerfen. Dass du dich hier an den Strand hinfläzen kannst, schrie sie weiter, ohne einen Gedanken daran, dass nichts so ist, wie es scheint, kapierst du das nicht, dieser Ort war nie schön, war nie magisch, wie du immer sagst, die Häuser waren schon immer modrig und die Leute argwöhnisch und geil auf unser Geld, und das Wasser schmutzig und der Boden ausgedörrt und die Kirchen hässlich, aber das haben wir nicht gesehen damals, weil unsere Gefühle an einem anderen Ort waren, uns etwas anderes eingeflüstert haben, auf nichts ist Verlass, nicht auf das, was wir zu sehen glauben, und auch nicht auf die Erinnerung, es bleibt uns nichts mehr, wenn wir uns verlieren, warum verstehst du das nicht, es bleibt einem nichts, wenn man nicht liebt.

Es war, schrieb Brand, wenige Tage vor ihrer geplanten Rückreise nach Köln, als Nele verschwand. Ich gehe kurz schwimmen, habe sie gesagt, es war schon später Nachmittag, und sei aufgestanden und hinunter zum Wasser gegangen. Allein das hätte ihn zweifellos schon wachsam machen müssen, denn Nele, die seit Kindertagen unbegründbare Furcht vor dem Meer empfand und erst spät schwimmen gelernt hatte, wagte sich eigentlich ohne ihn nie in die Brandung.

Er könne nicht mehr genau sagen, wie lange es dauerte, bis er von seiner Lektüre aufsah, um mit zusammengekniffenen Augen verwundert die Uferlinie abzusuchen. Innerhalb von Sekunden hätten sich erst Besorgnis und dann augenblicklich blanke Panik eingestellt. Er vermute, dass Nele etwa eine halbe Stunde fort gewesen sein müsse, bis er hektisch aufgesprungen sei und die Suche nach ihr aufgenommen habe.

Für das, was sich in den folgenden Stunden in ihm und um ihn herum abspielte, schrieb Brand, habe er keine Worte, und die Erinnerung daran sei, wenn überhaupt, nur mit jener zu vergleichen, die er an seinen Unfall in London habe, an jenen Augenblick, als er auf die Straße getreten sei, an das unaufhaltsam und zugleich seltsam langsam auf ihn zuhaltende schwarze Taxi und die grinsende Fahrerfratze und daran, dass er noch gedacht habe, wie grotesk es sei, dass ausgerechnet er, der von jeher eine an Phobie grenzende Skepsis gegenüber allen Arten von Maschinen empfinde, der nie den Führerschein gemacht habe wegen der Grauen auslösenden Vorstellung, am Steuer die Kontrolle über seine Hände zu verlieren, der selbst als Beifahrer stets penibel auf die Einhaltung von Geschwindigkeitsbegrenzungen pochte, dass ausgerechnet er nun durch einen Autounfall ums Leben kommen sollte. All das habe er noch heute mit absoluter Genauigkeit vor Augen, jenen Moment größtmöglicher Ausdehnung, und obwohl er wisse, dass sein Gedächtnis ihm damit vermutlich einen Streich spiele, denn den Unfalluntersuchungen zufolge habe er das ihn erfassende Fahrzeug, das übrigens sofort nach dem Zusammenstoß vom Verkehr verschluckt worden sei und nie habe ermittelt werden können, unter keinen Umständen, nicht einmal aus dem Augenwinkel, wahrnehmen können, geschweige denn seinen Fahrer, werde er auch nach Jahrzehnten das Gefühl nicht los, dass er in jenem Augenblick des Aufpralls – ebenso wie während seiner verzweifelten Suche nach Nele, als er die Bucht immer wieder von einer Seite zur anderen abgelaufen sei und schließlich laut um Hilfe gerufen habe – zwar dicht neben sich, aber doch an einem fernen Ort gestanden habe und gewissermaßen auf der anderen Seite der Zeit.

So fremd und entstellt und hässlich wie die bedrohlichen Muster und Formen in den Fieberträumen seiner Kindheit hätten der Strand und seine Besucher mit einem Mal auf ihn gewirkt, jenes Ineinander von fröhlichem Spiel und träger Gelassenheit, durch das er nun irrte und das ihn plötzlich auszuschließen schien, ihn loszuwerden versuchte mitsamt seinen finsteren Ahnungen, als wehrte sich ein Körper gegen böse Zellen, als könnte nicht zugelassen werden, dass etwas Schreckliches Einzug halte. Immer wieder sei ihm dieser Ausruf von Nele durch den Kopf gegangen, in endloser Wiederholung, so dass er kaum einen klaren Gedanken habe fassen können, ja seht ihr denn nicht, was hier vor sich geht, ja seht ihr denn nicht, was hier vor sich geht, ja seht ihr denn nicht, was hier vor sich geht und obwohl er sich mit Sicherheit weder vorher noch nachher jemals wieder so verloren gefühlt habe wie inmitten dieser Sorglosigkeit am Strand, sei er doch, so entsetzlich es sich auch anhöre, endlich glücklich gewesen und ganz bei sich.

So groß war die Gewissheit, dass er sie niemals wiedersehen würde, dass ihm die eilig und aufwendig angelegte Suchaktion, die bald darauf anlief und der das halbe Dorf sich anschloss, wie ein geheimer Schwindel vorkam, wie ein Pflichtprogramm, das man noch über sich ergehen lassen musste, bis Tatsache werden durfte, was man vom ersten Augenblick an sicher gewusst hatte.

Bis spät am Abend streifte die Küstenwache mit mehreren Schiffen durch die Bucht, durchschnitt mit Suchscheinwerfern Meter für Meter die schwarze Brandung, ein Dutzend Rettungsschwimmer umkurvten einander auf Wassermotorrädern und assistierten den Tauchern, die man aus Burgau, dem nächsten größeren Dorf, hatte kommen lassen. Ein Notarztwagen fuhr vor, parkte direkt oberhalb des Strandes und wartete dort in Bereitschaft die ganze Nacht. Sogar einige Fischer beteiligten sich mit ihren Booten an der Suche.

Die Erschöpfung kam, als nichts mehr zu tun war. Mehrfach musste er sich setzen auf dem Weg die Dorfstraße hinauf zu ihrer Unterkunft, es war nun tief in der Nacht, so schwer trug er an seinen Gliedern, die Nachricht vom Verschwinden einer Touristin hatte sich schnell herumgesprochen, Entgegenkommende nickten ihm Anteil nehmend zu, jemand strich ihm über die Schulter, doch er sah kaum etwas vor Tränen.

Nichts sei schlimmer gewesen als das Betreten ihres Zimmers, er habe es kaum aushalten können, es vollkommen unverändert vorzufinden, wie jemanden, der nichts wusste vom Ende seiner Welt oder sich nicht darum kümmerte. Alles sei zu ertragen, schrieb Brand, solange die Nächsten davon wüssten, solange man nicht allein bleibe im Leid, und damit könne er sich, je älter er werde, immer weniger gut abfinden, dass man den Tod allein durchstehen müsse. Plötzlich fest davon überzeugt, dort irgendetwas vorzufinden, was sie ihm hinterlassen hatte, einen Brief, einen

Abschiedsgruß, warf er ihre Sachen auf dem Schreibtisch durcheinander, durchwühlte hektisch ihre Schubladen und schließlich sogar ihren Waschbeutel, wo ihm zwei unterschiedliche Packungen mit Tabletten in die Finger kamen, Citalopram stand darauf und Mirtazapin, und sofort habe er gewusst, was das zu bedeuten hatte, dennoch riss er den Beipackzettel heraus, *selektive Serotonin-Wiederaufnahme-Hemmer, wird angewendet zur Behandlung von depressiven Erkrankungen*, weiter konnte er nicht lesen, zu sehr zitterten seine Hände, kaum konnte er nach dem Telefon greifen und die Nummer wählen, und als Franka, ihre gemeinsame Freundin aus Hamburg, sich schläfrig besorgt meldete, Arnold, bist du das, weißt du eigentlich, wie spät es ist, wo seid ihr, da brüllte er nur immer wieder, hast du das gewusst, hast du gewusst, dass sie Depressionen hatte, und als er sich nicht beruhigen ließ und auch nicht sagen konnte, was passiert war, habe sie schließlich geantwortet, ja, Arnold, das wusste ich, das haben wir alle gewusst.

Den Rest der Nacht saß er auf der Terrasse, endlich ruhig, endlich klar. Vieles würde zu tun sein am Morgen, aber noch nicht, noch nicht. Noch konnte er hier sitzen und ihrer gedenken und alles ganz deutlich vor sich sehen, jedes einzelne Detail, wie man ihn vom Flughafen abholen würde, die hilflosen Blicke, die stummen Anrufe, und wie sie nach der Trauerfeier zusammenstehen würden und rauchen, Olli, Ole, Chris und die anderen, keiner würde etwas sagen, und wie die Beine ihm weich würden an ihrem offenen Grab, und was er sagen würde in seiner Trauerrede, dass er immer diese Ungeduld so sehr an ihr geliebt habe, diese nie zu stillende Neugier auf Neues, und dass er manchmal glaube, sie zu hören, wie sie lache und ihm zurufe, ich habe es mal wieder nicht erwarten können, Liebster, ich bin schon mal vorausgegangen.

In den frühen Morgenstunden müsse er dann doch noch für mehrere Stunden eingeschlafen sein, denn als er die Augen öffnete, zusammengekrümmt im Korbstuhl sitzend, sei es taghell gewesen. Noch im Aufwachen habe er gedacht, wie kraftvoll die Psyche sich an Verlorenes klammere, denn er habe sekundenlang nicht wahrhaben können, dass er nicht träumte, sondern tatsächlich in Neles Gesicht blickte, dass sie lebendig vor ihm saß, mit wachen Augen und so gesund durchblutet und erholt, wie er es seit Jahren nicht an ihr gesehen hatte, und ihn anlächelte und schließlich sagte, guten Morgen, du Langschläfer, sag mal, wurde bei uns eingebrochen, oder was um alles in der Welt hast du da im Zimmer angestellt?

Sie war, wie sich herausstellte, überhaupt nicht im Wasser gewesen. Zu hoch und unruhig waren ihr die Wellen vorgekommen, und so war sie stattdessen am Ufer entlanggegangen, bis sie ganz plötzlich das dringende Bedürfnis nach einer deutschen Zeitung überfallen hatte, nach Realität und danach, mit der Welt in Kontakt zu treten. Sie glaubte, dass längst etwas Bedeutendes geschehen sein musste oder in diesen Augenblicken, in diesen Tagen sich etwas abspielte, von dem sie noch nichts ahnten, das aber, sobald sie es erführen, auch für sie alles verändern würde.

Im Touristenbüro hatte sie nach Zeitungen gefragt, und als man sie an ein Geschäft in Budens, einer nahe gelegenen Ortschaft, verwies, war sie unter der immer noch stechenden Nachmittagssonne die Bergstraße hinauf- und schließlich, am Golfresort vorbei, die Hauptstraße entlanggelaufen, bis sie linker Hand Budens an dem Turm seiner kleinen

Backsteinkirche erkannte. Sie war vielleicht eine Stunde unterwegs gewesen und möglicherweise hatte die Sonne ihr doch stärker zugesetzt, denn ihr Tatendrang war mit einem Mal verflogen, stattdessen fühlte sie Schwindel, im Schatten der Kirche musste sie sich setzen, doch nur kurz, zu groß waren nun Durst und die Angst, an diesem verlassenen Ort das Bewusstsein zu verlieren. Die menschenleeren Straßen Budens' seien ihr jetzt unheimlich gewesen, und sie konnte sich auch später nicht erinnern, auf der zunehmend von starker Unruhe getriebenen Suche nach dem Zeitungsladen auch nur einem einzigen Menschen begegnet zu sein.

Sie war am Ende ihrer Kräfte, als sie vor einem unauffälligen Haus stehen blieb. *Clubo Recreativo* stand auf seiner schmutzigen, leicht in der Brise flatternden Markise, grelle Lichtpunkte flackerten vor ihren Augen, als sie den gegen die einfallende Sonne abgedunkelten Raum betrat. Niemand war dort. Sie stand inmitten des großen, mit zahlreichen ungeordnet zusammengestellten Tischen und Stühlen ausgestatteten Saales einer Gastwirtschaft, keine der üblichen, zu Saisonbeginn eilig eröffneten bunten Touristenbars mit von flachen Decken hängenden Fischernetzen. Vollkommen schmucklos, ja kahl war der Raum ihrem Bericht zufolge gewesen, das wellige Parkett, in dem einzelne Dielen fehlten, habe in ihr sofort das Bild längst vergangener Tanzfeste aufgerufen, und auf den schweren dunklen Holztischen lagen sich hier und da noch säuberlich gefächert Spielkarten gegenüber, die darauf zu warten schienen, wieder aufgenommen und ausgespielt zu werden. Wo der Putz von den Wänden geblättert war, machten sich feucht glänzende Flecken breit, auf unregelmäßig angebrachten Regalbrettern hatten Dutzende Pokale unterschiedlichster

Größe neben verblichenen Urkunden ihren Platz: Auszeichnungen siegreicher Fußballturniere, Schwimm- und Segelwettbewerbe. Auch die vielen gerahmten und rundherum in unterschiedlicher Höhe aufgehängten Fotografien, manche schwarzweiß, manche in den matten Tönen erster Farbfilme, zeigten allesamt in zwei oder drei Reihen zum Gruppenbild aufgestellte Mannschaften, kampfeslustig in die Kamera blickende Spieler in einheitlichen Vereinstrikots.

Einzelne Medaillen mit dem Emblem der jeweiligen Sportart hingen von schief eingeschlagenen Nägeln an blauweißen Bändern. Nichts war zu hören außer dem leisen, unregelmäßigen Schnurren einer altmodischen Kühltruhe, die offenbar, da eine für diesen Ort unangemessen große Registrierkasse darauf stand, zugleich als Ladentheke fungierte.

Sie habe sich, so hatte sie es Brand am Morgen ihrer Auferstehung erzählt, sofort besser gefühlt in dem Halbdunkel des Raumes, bei dem es sich um eine Art Vereinsheim oder Versammlungsort der Gemeinde handeln musste. Keineswegs habe sie sich gleich auf die Kühltruhe und die rettenden Getränke darin gestürzt, sondern habe es im Gegenteil genossen, die lang ersehnte Erfrischung noch ein wenig hinauszuzögern und, als befände sie sich in einer Galerie, die Bilder und Urkunden der Reihe nach abzuschreiten, bei jedem Stück einen Moment zu verweilen, um es genau zu betrachten. Schließlich öffnete sie die Truhe, schloss kurz die Augen in der ihr entgegenströmenden Kühle und entnahm ihr in dem Gefühl, jemandem einen Streich zu spielen, weder Wasser noch Limonade, sondern eine große Flasche Super-Bock-Bier. Während sie den Kronkorken mit dem auf der Truhe bereitliegenden Öffner aufhebelte und die Flasche zu einem ersten Schluck ansetzte, kicherte sie übermütig.

Die Flasche noch an den Lippen drehte sie sich wieder zum Raum, um sich augenblicklich vor Schreck zu verschlucken, denn an einem der Tische, der, das hätte sie schwören können, soeben noch verlassen gewesen war, saß nun ein Mann, einer jener unverwechselbaren alten Fischer in einem kurzärmligen, säuberlich gebügelten karierten Hemd, die beiden oberen Knöpfe offen, die grauen Haare einer ehemals muskulösen Brust entblößend, mit Leinenhose und Baskenmütze. Er winkte sie freundlich nickend zu sich heran. *Desculpe*, entschuldigte sich Nele, und dann weiter auf Deutsch, ich habe Sie nicht gesehen und niemand war hier, ich bezahle das natürlich, doch der Alte schüttelte ungeduldig den Kopf, sie solle näher kommen, bedeutete er ihr, anscheinend wollte er ihr etwas zeigen, denn er beugte sich schwerfällig nach vorn, schob die über den Tisch verteilten Spielkarten zu einem Haufen zusammen und begann sie zu mischen.

Kann ich Ihnen behilflich sein, fragte Nele, die nun herangetreten war und sich, plötzlich müde, neben den Fischer auf einen Stuhl gesetzt hatte, doch dieser wehrte mit einer heftigen Armbewegung ab, als parierte er einen Angriff.

Wie ein Junge, dem die Vorfreude auf einen gelungenen Scherz schon ins Gesicht geschrieben steht, spitzte er den Mund kaum merklich zu einer Schnute, streckte ihr die aufgefächerten Karten entgegen, und als sie eine davon herauszog und an einer anderen Stelle dem Stapel wieder beifügte und der Alte, nachdem er erneut gemischt und scheinbar skeptisch die Karten durchgesehen hatte, ihr schließlich die richtige Karte triumphierend präsentierte, da sagte sie, das ist ein schöner Trick, und der Alte warf den Kopf zurück und lachte lautlos. Er konnte nicht sprechen, er deutete auf seinen Hals, streckte vier Finger aus und formte mit den Lippen das Wort *anhos*. Vor vier Jahren haben Sie ihre Stimme verloren, fragte Nele, und er nickte und machte eine wegwerfende Handbewegung.

Dann hätten sie eine Weile nur dagesessen, ohne sich zu verständigen, die Augen seien ihr immer wieder zugefallen. Im Bemühen, wach zu bleiben, habe sie noch einmal flüchtig die Fotografien an der Wand hinter dem Fischer betrachtet, und in dem Augenblick, als der Alte erneut nach dem Stapel Karten griff, fiel ihr Blick auf die Schwarzweißaufnahme einer Fußballmannschaft, auf den jungen Mann, der in der vorderen Reihe kniend, die Unterarme auf den Schenkeln abstützend, ernst und entschlossen in die Kamera schaute, das volle, dunkle Haar vom Wind aufgestellt, und

in dessen Gesichtszügen mit den zu einer leichten Schnute der Konzentration gespitzten Lippen sie ohne jeden Zweifel den Mann erkannte, der ihr gerade eben gegenübersaß, noch immer lächelnd, voller Zufriedenheit über die magischen Kräfte seiner alten Hände. Nele war aufgestanden und näher an das Bild herangetreten.

Sind Sie das, fragte sie und deutete auf die Fotografie, doch der Alte, der die Karten jetzt zu einer Patience zu legen begonnen hatte, machte nur wieder diese gleichgültig wegwerfende Handbewegung und fuhr fort mit seinem Werk.

Campo Rosso da Trinidade – Lagos, stand unter der Aufnahme, *Abril 1938, Jogo Budens – Bensafrim (2:1)*, sowie die Namen der Spieler, *Carlos, Joaquim, Luis Filipe, Assildo, Rui Gilberto, Amador, Romeu, José Francisco, Chico, Augusto Manuel.*

Eine schmale Zeitungsnotiz war in die linke untere Rahmenecke gesteckt, zerknittert und vergilbt, der Spielbericht einer lokalen Zeitung, dem zufolge, soweit Nele den kurzen Abschnitt richtig entzifferte, Romeu und Augusto Manuel nach einem Rückstand zur Halbzeit noch kurz vor Schluss die Tore für Budens erzielt und den ersten Sieg über Bensafrim überhaupt in der Vereinsgeschichte errungen hätten. Noch einmal ging Nele die Namen durch, versuchte, ihnen die jeweiligen Spieler auf der Fotografie zuzuordnen. Wenn sich die Aufzählung auf das Mannschaftsbild bezog und in der richtigen Reihenfolge abgedruckt war, musste der alte Mann, der noch immer mit den Karten beschäftigt war, entweder Romeu oder Joaquim sein.

Heißen Sie Romeu, fragte sie ihn, und dann noch einmal lauter, sind Sie Romeu, haben Sie damals das Tor geschossen, jetzt schrie sie fast, wie ist ihr Name, Romeu oder Joaquim, doch der Alte sah nur einmal kurz zu ihr auf, schob die Unterlippe nach vorn und zuckte mit den Schultern.

Auch am nächsten Morgen, als sie Brand schlafend auf der Terrasse vorgefunden und erst lange betrachtet hatte, bevor sie ihn weckte, konnte sie nicht sagen, warum diese Fotografie und die Zeitungsnotiz über ein gänzlich bedeutungsloses Fußballspiel sie derart aufgewühlt hatten und warum sie, wenn sie nur nicht so erschöpft gewesen wäre, dem alten Mann am liebsten um den Hals gefallen wäre und ihm gedankt hätte dafür, dass er noch da war, nach all den Jahren, dass er dem Ort treu geblieben und dort alt geworden war, konnte nicht erklären, warum sie ein so tiefes Gefühl der Bewunderung für ihn empfand, für ein ganzes Leben, das zwischen diesen beiden Tagen lag, dem Sieg, den er für sein Heimatdorf errungen hatte, und dem Kartenspiel im abgedunkelten Gemeindesaal, für all die Nächte, die er in einem schaukelnden Fischerboot auf dem schwarzen Wasser überlebt hatte, und warum sie ihn so gern gefragt hätte nach jenem Apriltag 1938, danach, ob seine Familie oder seine spätere Frau ihn dort habe spielen und siegen sehen, ob er damals glücklich gewesen sei und vielleicht am Abend nicht habe schlafen können vor Aufregung über den Gedanken, dass das eigentliche Leben noch vor ihm lag mit all seinen Wegen und Möglichkeiten und dass noch bessere Momente folgen würden, noch schönere Tage und größere Triumphe, oder ob er schon damals gewusst habe, dass dies der Gipfel gewesen sein würde und dass er Budens niemals verlassen, sondern noch als alter Mann dort unter verblichenen Fotos sitzen würde.

Sie war auf einmal unendlich müde. Im Nachhinein glaubte sie an einen Sonnenstich, denn sie hatte es kaum zurück an den Tisch geschafft. Sie hatte sich dem Fischer gegenüber gesetzt und ihren Kopf auf die Arme gelegt, nur kurz wollte sie sich ausruhen, wieder zu sich kommen, gleich wollte sie den Rückweg antreten und Brand davon erzählen, von dieser seltsamen Begegnung und von der Fotografie und davon, dass er recht habe, dass tatsächlich alles gut werden würde, ganz von selbst, dass schon alles gut war und dass sie es nur nicht gewusst hatte, denn dies, diese Tage, diese Jahre waren gewissermaßen ihr Fußballspiel, ihr einmaliger Sieg über den großen Lokalrivalen, und dass sie das nicht leichtfertig wegwerfen durften für eine trügerische Hoffnung auf Anderes, auf Neues, auf Besseres, nichts würde mehr kommen, gar nichts außer dem Alter und dem Tod, und das Letzte, woran sie sich erinnerte, war das gleichmäßige Schaben der Karten beim Mischen und das leise Geräusch, wenn sie sachte, eine nach der anderen, auf den Tisch gelegt wurden.

Sie konnte sich nicht entsinnen, wann sie das letzte Mal so lang und tief und offenbar vollkommen reglos geschlafen hatte, denn als sie erwachte, war schon der nächste Morgen angebrochen und ihr Kopf ruhte noch immer auf ihren schmerzenden Armen, der alte Fischer war längst verschwunden, die Karten in Viererreihen auf dem Tisch angeordnet, einige wenige lagen noch unausgespielt auf einem niedrigen Stapel, als wäre diese letzte Patience mittendrin unvollendet abgebrochen worden.

Wenn er sich heute, schrieb Brand in seinem letzten

Brief an mich, aus einem Abstand von über dreißig Jahren zu erklären versuche, warum ihre Beziehung trotz Neles Wandlung, oder wie auch immer man die Vorgänge in jener Nacht bezeichnen wollte, kurz nach ihrer Rückkehr aus Portugal unter traurigen Umständen für immer zerbrochen sei, so komme er zu keinem anderen Ergebnis als damals, nämlich dass er es, obwohl er ihr das natürlich nie gesagt hatte, nicht habe verkraften können, dass seine erste innere Regung, als er begriff, dass sie nicht fort, nicht tot war, sondern tatsächlich leibhaftig vor ihm saß und ihm zärtlich über das Gesicht strich, nicht Erleichterung oder Dankbarkeit gewesen sei, sondern Enttäuschung, ja blankes Entsetzen.

Die verbleibenden Tage in Salema saßen sie noch ab wie den letzten Akt eines Theaterstücks, an den man sich später nicht erinnern kann. Sie gingen weiterhin jeden Tag am Strand spazieren, lasen ihre Bücher, aßen gegrillten Fisch bei Fadomusik am Abend und schliefen sogar wieder miteinander. Nele tat alles, um, wie sie sagte, das Neue im Alten zu entdecken, den Reiz im Vertrauten, doch er habe sich damals, und letztlich bis heute, nicht verzeihen können, dass er sie lieber begraben hätte, als einer Trennung ins Auge zu sehen. Und wenn er auch nicht unglücklich sei im landläufigen Sinne, vor allem nicht dann, wenn er vor seinen Schülern stehe, so habe er doch oft das Gefühl, nie aus Salema zurückgekehrt zu sein, so wild gehe sein Puls bisweilen in der Nacht, wenn er sie vor sich sehe im flachen Wasser, in seinen Armen, weil sie das Meer fürchtet, ohne zu wissen, warum. Dann spüre er deutlich, wie die Vergangenheit über ihn komme und ihn hole, und wie sie schlage in ihm wie ein zweites Herz.

Ich antwortete zunächst nicht. Das fertig redigierte Manuskript von *Unannehmlichkeiten durch Liebe* warf ich in die Altpapiertonne und beobachtete durchs Fenster den Abtransport durch die Müllabfuhr. Wochen später schickte ich Brand noch einen letzten Brief, in dem ich auf mehreren Seiten beschrieb, wie sehr mich seine Geschichte, sogar mehr noch als der Roman, berührt hätte, doch am Schluss verwarf ich meine Zeilen und kopierte stattdessen die gängige Standardformel unter den offiziellen Briefkopf des Verlages:

Herrn Arnold Brand — 3. August 2005
Tulbeckstr. 10
50339 Köln

Sehr geehrter Herr Brand,

vielen Dank für die Sendung Ihres Manuskripts. Es wurde vom Lektorat eingehend geprüft. Leider entspricht Ihr Roman nicht unserem Verlagsprofil. Wir bedauern daher, Ihnen mitteilen zu müssen, dass eine Veröffentlichung für uns nicht in Betracht kommt.

Bitte haben Sie Verständnis dafür, dass wir angesichts der Menge an eingesandten Manuskripten unsere Entscheidung nicht näher begründen können.

Wir wünschen Ihnen viel Glück bei der Suche nach einem geeigneten Verlagspartner.

Mit freundlichen Grüßen
F. S.

LANDERHEBUNG

Zu Beginn suchten die einschlägigen Zeitungen der Stadt noch nach einem passenden Begriff, doch bald nannten es die Überlebenden schlicht: die Veränderung. Nach einer kurzen Phase panischer Aufregung wurde ohnehin immer weniger darüber gesprochen, mit jedem Tag mehr ergriff Trägheit Besitz von der Stadt, man hat wenig von Auflehnung gehört, oder von Fluchtversuchen. Es war, als habe sich zusammen mit den Sporen und den alles überwuchernden Gewächsen über Nacht lähmende Gleichgültigkeit auf die Stadt gelegt. Der Schimmel, der sich nach und nach von den Vororten aus in Richtung Innenstadt vorgeschoben hat und nun Wände, Straßen und Autos mit einer grün glänzenden Schicht bedeckt, hat sich, so scheint es, mit sanftem, aber unerbittlichem Zugriff auch der Gemüter der Einwohner bemächtigt. Tritt man durch das Siegestor auf die Ludwigstraße, wird das volle Ausmaß der Veränderung offenbar. Die Schritte schmatzen auf einer feinen Moosschicht, noch aus den schmalsten Ritzen der Straße keimen Pilze und Farne, die ehemals so sorgsam gepflegten Schaufenster sind über und über bedeckt mit wabernden, einander verzehrenden Schnecken, alles quillt und wuchert, formlos, ohne Plan. Bleibt man zu lange unbewegt stehen, umspannen Schimmelfäden die Waden, die Karosserien der Autos am Straßenrand zerfrisst schwarzer Rost, auch den Zaun am Hofgarten. Efeu umhüllt Außenmauern und verdunkelt Fenster, Hornissen und Tauben kolonisieren Hauseingänge. Wilde Hunde heulen bei Nacht.

Manchmal erinnere ich mich noch: meine Arbeit in der Bibliothek, die Bücher, hatte ich liegen gelassen. Ich suchte Ablenkung, hoffte, jemanden auf der Straße zu treffen. Im Stadtmuseum sah ich mir die Ausstellung *Deutsche Gründungsmythen* an, betrachtete Exponate, las über die Geburt der Stadt, die einst vom Salzhandel gelebt hatte, gegründet war vom Welfen Heinrich dem Löwen, sogar das Jahr ist mir noch gegenwärtig, 1158. Für die einen meint München *bei den Mönchen*, Munica, vermuten andere, habe einen baskischen Sprachstamm, bedeute *Ort auf der Uferterrasse*, denn *mun* sei *Ufer*, *Böschung* oder: die *Landerhebung*.

Auch mein Gedächtnis hat Schaden genommen. Doch ich weiß noch, es gab Tage, an denen ich nur mit dem vagen Wunsch, sie möge mir doch über den Weg laufen, auf die Straße vor dem Universitätsgebäude zu treten oder allenfalls ein- zweimal bis zur Kunstakademie und zurückzugehen brauchte, da sah ich sie schon vor mir um die Ecke biegen, augenblicklich strahlend und winkend. Ich gab mich dann wie in Gedanken, grüßte nur sparsam und eilte weiter, um schon wenig später meinen Streifgang von Neuem zu beginnen.

Wir kannten uns aus der Kleist-Vorlesung. Obwohl ich wöchentlich meinen Sitzplatz wechselte, entdeckte ich sie stets auf den ersten Blick. Ganz gleich, wohin ich mich setzte, sie saß Woche für Woche in meiner Nähe, immer wenige Bankreihen schräg vor mir, in meiner unmittelbaren Blickrichtung auf den Dozierenden, so konsequent, dass ich an Zufall bald nicht mehr glaubte. Als die Vorlesung aus Krankheitsgründen ausfiel, bot sich Gelegenheit zum gemeinsamen Kaffee. Eigenartig vertraut sprachen wir da miteinander, als hätten wir uns in Kindertagen gut gekannt. Sie kam vom Land, aus einem kleinen Ort im Bayerischen

Wald. Ihr rotes Haar trug sie offen fast bis zu den Hüften, das helle Sommerkleid war zu leicht für die Jahreszeit, doch sie wollte im Freien sitzen. Sie sei das nicht gewöhnt, sagte sie, das viele Herumhocken in engen Räumen. Mit großen Augen schien sie jedes meiner Worte an sich zu ziehen, sie war ganz ruhig, sprach nicht in Floskeln, flirtete nicht. Nie hatte ich solche Natürlichkeit erlebt.

Am nächsten Tag stand sie plötzlich vor meiner Tür, sie habe meine Adresse bei der Auskunft erfragt, sagte sie, ob ich ihr nicht einen Tee anbieten wolle. Sie interessiere sich für meine Hausarbeit über Schnitzler, von der wir am Vortag gesprochen hätten, sie wolle sie gern lesen. Ich spielte den Selbstsicheren, kochte Tee, öffnete Schokolade, verfiel ins Plaudern und presste unter dem Tisch meine zitternden Knie aneinander.

Man gewöhnte sich so schnell an das von Tag zu Tag immer drastischer sich verändernde Erscheinungsbild der Stadt, das immer rücksichtslosere Vorandrängen der Natur, dass man sich der Anfänge schon bald nur noch ungenau zu erinnern vermochte. Natürlich wollten einige im Nachhinein schon Wochen vorher bestimmte Anzeichen wahrgenommen, Ungewöhnliches beobachtet haben. Vögel, die man in dieser Gegend niemals zuvor gesehen habe, hätten plötzlich mitten in der Stadt auf den Dächern genistet, in Gärten und Parks seien – viel zu früh – große Knospen aufgebrochen, und brachliegendes Bauland in den Industriegebieten sei eines Morgens bedeckt gewesen mit fleischigen Grünpflanzen und Schachtelhalmen, die binnen Kurzem auf die Höhe junger Birken heranwuchsen. Die Medien hatten nur am Rande über den unerklärlich heftigen Einbruch des Frühlings berichtet, zu sehr bestimmten beunruhigende Vorgänge in der Weltpolitik das öffentliche Interesse. Und auch als die Bedrohung des stummen Überfalls mit einem Mal offen zu Tage trat, als man ganze Bushaltestellen unter Kletterpflanzen und Moos verschwinden sah, jahrhundertealte Bäume unter der Last des Wachstums einknickten und Prachtstraßen von der Gewalt sprießenden Unkrauts aufgerissen und in bröcklige Pfade verwandelt wurden, da vermittelte dies den Eindruck eines natürlich sich vollziehenden Prozesses, schien zu sehr einer ebenso selbstverständlichen wie unaufhaltsamen Entwicklung zuzugehören, als dass man dieser hätte entgegentreten oder überhaupt nur ein Wort darüber verlieren können.

Nur ein Satz ist mir noch gegenwärtig: Es sei, so schrieb oder sagte jemand, als habe das Land den Menschen ohne Vorwarnung die Gastfreundschaft entzogen, von der man fälschlicherweise angenommen habe, sie wäre unkündbar.

Mir ist kein einziger Fall von Plünderung bekannt. Die Einwohner fielen nicht übereinander her, wehrten sich nicht gegen den Griff der Wildnis nach der Stadt. Es gab keinen Kampf. Alles versank: die Straßen, Häuser und Autos in einem Dickicht aus Dornen, Ginster und Brennnesseln, die Menschen in einer Gefühl und Willenskraft betäubenden, sie schließlich gänzlich ausschaltenden Lethargie. Man hörte zu sprechen auf, viele vergaßen zu essen und starben.

Manchmal erinnere ich mich: an die Wohnung in der Georgenstraße, noch ohne den faulig-süßen Geruch modernder Fensterrahmen und feuchter Wände; bevor die Farbe von der Decke blätterte und der Kalk die Abflussrohre verschloss; als am Abend die Musik aus dem benachbarten

Restaurant herüberwehte; als noch keine Invasionen von Grillen die Nächte durchlärmten.

Wir hörten Musik von Tom Waits. Ich weiß, dass wir sprachen und Tee tranken, bis es dunkel wurde. Immer weiter holte ich aus, Betrachtungen über Kunst und Literatur, sprach mit aufwendiger Gestik unnötig laut, lachte viel und an falschen Stellen, und als sie mich endlich unterbrach und lächelte und fragte, ob ich eine Freundin hätte, log ich, sagte nein und fuhr atemlos fort, ohne Tonfall und Miene zu verändern, als hätte sie nur eine fachliche Auskunft erbeten. Als sie aufstand, kramte ich nach der Seminararbeit, ach lass mal, sagte sie, ist nicht so wichtig, dann half ich ihr in den Sommermantel und gefiel mir mit guten Manieren, da lächelte sie erneut, als wollte sie sagen, ist ja gut, krieg dich wieder ein, und als ich auf dem Weg zur Tür noch fragte, wie sie eigentlich heiße, da blieb sie stehen, drehte sich um und sagte, Claudia, und ich bleibe bei dir, wenn du es willst.

Auch das Aussehen der Menschen veränderte sich. Die Gesichter verloren täglich an Farbe und Ausdruck, die Köpfe neigten sich unter dem Gewicht der immer schneller wachsenden Haare. Fingernägel wurden über Nacht zu Krallen, jede Hose, jeder Mantel war von Motten zerlöchert, Schimmel drang durch die Schuhsohlen. Die Stadt verlor ihre Geschwindigkeit. Autos fuhren kaum noch, niemand hatte es mehr eilig, keine Telefone klingelten, alles wurde langsam, alles wurde still. Die einzigen Geräusche auf der Straße waren das schwere Schlurfen der eigenen Schritte, das gelegentliche Krachen sich aus dem Mauerwerk lösender Balkone und das allgegenwärtige Summen riesiger Fleischfliegen, die in gierigen Schwärmen auf den Kadavern von Hunden und Katzen saßen.

Ich habe Claudia nach der Veränderung nur noch einmal gesehen. Vielleicht hatte ich meinen alten Weg gewählt, hatte sie gesucht wie früher, an der Staatsbibliothek vorbei, wo einem der Geruch sich auflösender Bücher jetzt den Atem verschlägt, die Schellingstraße entlang, und dann standen wir uns gegenüber, ich fragte, wohin gehst du, und sie sagte: nach Hause. In ihrem Gesicht sah ich die Adern unter der durchsichtigen Haut, die wuchernden Brauen verdeckten fast ganz ihre Augen, ihr Haar hatte seinen rötlichen Glanz verloren und hing schwer in verfilzten Wülsten herab. Sie zerfiel. In Flocken schuppte sich ihr die Haut von Gesicht und Armen, wie Verätzungen bedeckten Flechten ihren Hals und die Lippen. Mehr sprachen wir nicht, aber wir gingen auch nicht weiter. Und ich dachte, ja, genau das tut sie, sie kommt nach Hause. Die Stadt vergeht. Das Land holt sich sein Kind zurück.

Wie fröhlich bin ich aufgewacht /
Wie hab ich geschlafen so sanft die Nacht

DAS HERZ DER REPUBLIK

Erst auf dem Weg nach Hause, als Fabian den Palast über die Spreeseite hin schon lange hinter sich gelassen hatte, wunderte er sich über das Ausmaß seiner Erschöpfung und darüber, dass er mit keinem der anderen Besucher ins Gespräch gekommen war.

Fabian hatte das Gefühl, dass nur die Willkür seiner Orientierungsschwäche ihn dorthin geführt hatte. Auf einem seiner abendlichen Spaziergänge durch die trotz der Weitläufigkeit ihrer Straßen vor allem bei einbrechender Dunkelheit bedrohlich ihn einengende Innenstadt hatte er sich bald im Scheunenviertel verlaufen und richtete, gegen aufwallende Panik, seinen Blick starr auf die farbig blinkenden Lichter des Fernsehturms am Alexanderplatz, ihnen wie von einem Bannstrahl gezogen entgegeneilend, ohne auf den Verkehr oder das lebhafte Treiben in den Seitenstraßen zu achten. Dass ihm als Kind diese Wege einmal zutiefst vertraut gewesen sein mussten, erschien ihm jetzt wie eine undurchsichtige Finte seiner Erinnerung.

Erst die dunkle Weite des Lustgartens und die barocke Erhabenheit des Doms beruhigten ihn so weit, dass er für einen Augenblick stehen bleiben, sich umsehen und erkennen konnte, dass der auf der anderen Straßenseite gelegene Palast der Republik nicht wie angenommen wie ein längst verlassenes Fabrikgebäude in der Dunkelheit kauerte, sondern durch einige der Fenster zum ehemaligen Schlossplatz hin leuchtete und dass sich vor dem Eingang eine größere Menschentraube gebildet hatte, die gerade in diesem Augenblick in Bewegung geriet und ins Innere drängte.

Natürlich war der Palast von Anfang an Fabians Ziel gewesen. Er fühlte sich auf kindliche Weise verwegen, als er das Ende der Schlange erreichte und sich einreihte, ohne zu wissen, was ihn erwartete, und er steigerte das angenehme Gefühl von Wagnis noch, indem er dem Ehepaar vor sich, das elegant gekleidet war, freundlich zunickte und »Angenehmen Abend« wünschte. Der Mann erwiderte seinen Gruß und sagte, Wagner à la DDR, das kann ja heiter werden, und auch den Verantwortlichen am Eingang, der die Eintrittskarten kontrollierte, bedachte Fabian mit einem wissenden Lächeln und trat, ohne aufgehalten zu werden, in die Eingangshalle. Schon begann sich das Publikum zu verteilen; einige verharrten an einem lose aufgestellten Metallgeländer und beobachteten die dahinter ihre Instrumente stimmenden Musiker, die sich am Fuße einer steinernen Freitreppe gruppiert hatten, andere trieben wie auch er tiefer hinein in den Raum und in einen spärlich beleuchteten Gang, dessen Ausdehnung nicht auszumachen war.

Fabian erinnerte sich, dass dieses katakombenähnliche Geschoss ursprünglich nicht den Besuchern des Palastes offen gestanden hatte, sondern mit vielen kleinen Räumen als Stau- und Garderobenraum genutzt worden war. Die Decke des Hauptgangs hing nur knapp über Kopfhöhe, er tastete sich an dem feuchtkalten Gemäuer entlang, an dem links und rechts alte Gasleitungen wie Adern verliefen, setzte jeden Schritt mit Bedacht und ließ seinen Vordermann nie mehr als drei Meter entkommen. Nur nicht verlassen sein hier unten, dachte er, keiner sprach mehr ein Wort, hinter ihm nur das scharrende Geräusch von Schritten, die sich entfernenden Dissonanzen der Instrumente, und sie, die Besucher, wie Gefangene, gemeinsam auf der Flucht. Über eine Treppe, die sich aus dem Nichts rechter Hand aufgetan hatte, erreichten sie das erste Geschoss und betraten erleichtert einen weiten, kaum zu überblickenden Raum, der sich nach allen Seiten immer wieder zu verwinkeln und neu aufzutun schien und der in seiner Höhe in Widerspruch zu der beklemmenden Enge des Eingangsbereiches stand. Von hier, meinte Fabian zu wissen, hatten einst Treppen und Fahrstühle in alle Etagen geführt und den Großen Saal mit der Volkskammer verbunden. Minutenlang stand er auf der Stelle, drehte nur seinen Kopf nach allen Seiten. Die Wände waren zum größten Teil eingerissen worden, der ganze Raum war ein fleischloses Gerippe, durchzogen von tragenden Stahlgerüsten und Metallgestänge, von den über tausend Kugelleuchten, die einmal den Saal erhellt hatten, waren nur noch rostende Eisenträger übrig geblieben, in regelmäßigem Abstand mit gelben Zeichen und Zahlen beschriftet. Es gelang Fabian nicht, den Ort als Ganzes zu fassen, zu sehr zerflossen die Konturen in der Tiefe. Das Muster eingefallener Ziegelmauern, die einzeln aufragenden Säulen, die Gesimse und Scheiben der hohen Seitenfenster, dazu das fahl-diffuse Licht, in dem geisterhafte Silhouetten von Besuchern mitunter kurz auftauchten und wieder verschwanden, vermittelten den Eindruck großer Unbestimmtheit. Nur unscharf deuteten sich in der Ferne noch größere Räume an, sah man Pfeilerreihen und gemauerte Bögen, die das obere Stockwerk trugen. Im aufgewellten Fußboden war noch vereinzelt das Mosaik von weißem und farbigem Marmor zu erkennen, das früher zum festlichen Gepräge beigetragen haben musste, Bälle, Kongresse und Konzerte hatten hier stattgefunden, und mit einem Mal, als sich Fabian endlich losgerissen hatte und ziellos umherging, erschien es ihm unbegreiflich, wie dieses Gebäude innerhalb so kurzer Zeit gänzlich der Zerstörung hatte anheimfallen können, wie es inmitten einer wachsenden, sich stetig entwickelnden Stadt stehen konnte und sich gleichzeitig von innen her immer weiter auflöste, und er dachte an die vielen Erinnerungen an diesen Ort, seine Geschichten, die, da dieser selbst über kein Gedächtnis verfügte, zusammen mit seinem Inneren aufgezehrt wurden, ohne jemals gehört oder aufgezeichnet worden zu sein.

Schon eine Weile zuvor hatte wohl die Musik eingesetzt, denn von allen Seiten kamen nun die Besucher aus dem Dunst des Raumes zu der Balustrade geeilt, von der aus man die Eingangshalle einsehen konnte. Dort hatten der größte Teil des Orchesters und der Dirigent Platz gefunden. Doch nach einigen Minuten hörte Fabian zwischen Streichern und Bläsern immer deutlicher ein kratziges Leiern, wie von einem aus der Spur geratenen alten Plattenspielerarm, und das dumpfe Pochen elektronischer Bässe. Er sah sich um und machte weitere Musiker auf verschiedenen Stockwerken aus; ein mit Kopfhörern ausgestatteter DJ bediente auf einem Vorsprung des dritten Geschosses tatsächlich einen Plattenspieler. Die Musik schien das zu schaffen, woran Fabian selbst kurz zuvor gescheitert war, schien das gesamte Gebäude und alle seine Winkel erreichen und sogar ausfüllen zu können.

Nach und nach lösten sich wieder einige Zuhörer aus der Balustradenversammlung und setzten ihren Rundgang fort. Die Bewegung der Besucher, ihr Flanieren musste zur

Konzeption des Abends gehören, denn nirgends entdeckte Fabian Sitzgelegenheiten, man sollte während des Konzerts frei auf den verschiedenen Etagen umhergehen, als spielte man in Zeitlupe das Ballgeschehen vergangener Palastfeste nach.

Auch Fabian war weitergegangen, blieb aber bald mit ein paar anderen vor einer großformatigen, auf einer Staffelei angebrachten Fotografie stehen, auf der er erst nach längerem Hinsehen denselben Raum, also jenes Hauptfoyer erkannte, in dem er sich augenblicklich befand. Das Bild war aus erhöhter Position, wahrscheinlich vom zweiten Geschoss aus, aufgenommen worden und zeigte in schräger Oberansicht den hell erleuchteten Tanzsaal, in dem in dunkler Abendgarderobe Menschen in kleinen Gesprächsgruppen zusammenstanden, einige waren inmitten der Tanzbewegung erstarrt, andere saßen am Rand in ledernen Sitzgarnituren mit erhobenen Sektgläsern oder lehnten an den massiven Säulen der Galerie im zweiten Stock und sahen unbeteiligt auf die Tanzenden hinab. Von der Decke strahlten die Kugellampen warmes orangefarbenes Licht in den Saal, den in der Mitte eine hohe Plastik aus Stahl und Glas schmückte, und immer wieder reckte Fabian den Kopf und versuchte, sich anhand der Fotografie im Raum zu orientieren, überlegte, wo die Plastik gestanden hatte und welche Stelle des Bildes er selbst in diesem Moment einnahm.

Für eine Weile musste Fabian so den Kopf gehoben und gesenkt haben, um die Aufnahme der einstigen Pracht mit dem Zustand des Verfalls zu vergleichen, so dass er nachher an das Konzert selbst überhaupt keine Erinnerung hatte, auch konnte er nur vermuten, dass ohne Unterbrechung andere Besucher an ihm vorbeiliefen, kurz neben ihn traten, einen Blick auf die Fotografie warfen und ihren Weg wieder aufnahmen, während er beinahe bewegungslos verharrte. Die *Gläserne Blume*, hatte sein Vater gesagt, sei fast fünf Meter hoch gewesen und wie so vieles nach der Schließung des Palastes einfach verschwunden, auch Kunstwerke der Galerie seien gestohlen worden, große Ölgemälde von Willi Sitte und Arno Mohr, die schon in der berühmt gewordenen ersten Ausstellung »Dürfen Kommunisten träumen?« zu sehen gewesen seien.

Fabian war weitergegangen und über eine Treppe ins zweite Geschoss gelangt, von wo aus man den ehemaligen Großen Saal erreichte, der in Höhe und Weite die Eingangshalle noch übertraf.

18 Meter hoch, 67 Meter breit, hatte sein Vater wieder und wieder erklärt, hier hätten vor allem Kongresse und politische Aktivitäten stattgefunden, aber dank der technischen Konstruktion und Ausstattung des Saales sei er auch für Bälle, Bankette und Orchesterkonzerte aller Art genutzt worden. Die auf Knopfdruck veränderbare Platzkapazität, ja, die vollständig variable Funktionalität und Ästhetik des Raums seien einzigartig in der Welt gewesen, bei Kongressen hätten 5000 Menschen an Schreibtischplatten Platz gefunden, für Tanzturniere dagegen habe man die sechs schwenkbaren Parkette auf sechzig Grad hochgefahren und 24 Deckenplafonds, in denen Beleuchtungsbrücken eingebaut waren, fast sechs Meter tief abgesenkt. Die Mechanik sei wohl immer noch intakt, ebenso die beweglichen Bühnen des alten Theaters im vierten Geschoss, doch zur dauerhaften technischen Instandhaltung müssten diese mindestens einmal in der Woche bewegt werden, und die letzte öffentliche Benutzung sei ja nun schon (und hier schien Fabians Vater jedes Mal zu erschrecken) fast zwölf Jahre her.

Fabian kehrte in die erste Etage zurück, um die Musik besser hören zu können, doch immer wieder blieb er nun unvermittelt stehen, um in diese oder jene Richtung zu blicken und sich die Ausführungen seines Vaters zu vergegenwärtigen.

Seine eigenen Erinnerungen an den Palast der Republik beschränkten sich auf ein paar kurze Augenblicke und Eindrücke, und selbst von diesen wusste Fabian nicht mit absoluter Sicherheit, ob er sie wirklich selbst erlebt hatte oder ob sie nicht eher ein Produkt seiner Fantasie und Recherche waren, eine Montage der vielen Fotos und Berichte, die er in den letzten Monaten angesehen und gelesen hatte. Von seiner Mutter wusste er, dass sie noch kurz vor der Wende an einigen Sonntagen hierhergekommen waren, seine Eltern, die Schwester und er. Sie gingen einfach an der Schlange vorbei und hinein, wurden am Einlass höflich gegrüßt, und wenn er eines wirklich noch ganz deutlich vor Augen hatte, dann war es dieser Augenblick des Eintretens und des Ersteigens der Eingangstreppe – wie sich mit jeder Stufe mehr von dem gewaltigen Ausmaß des Raumes auftat, als gelangte man aus der eigentlichen in eine eigene, von seinem Vater geschaffene Welt.

Denn Fabians Vater hatte den Palast entworfen und gebaut, nicht allein natürlich, aber er hatte der Gruppe von Architekten angehört, die nach dem Ministerbeschluss 1973 mit dem Bau eines Volkshauses beauftragt wurde, schon Ende 1974 war das Richtfest gewesen, und im April 1976 hatte man den Palast feierlich eröffnet – da war er, Fabian, noch lange nicht geboren gewesen. Auch an anderen, weniger bekannten (dafür nach wie vor intakten) Repräsentationsbauten war sein Vater beteiligt, am Stelzenhaus am Alex oder an der DDR-Botschaft in Budapest. In den Achtzigern war er vor allem mit Wohnhäusern in Marzahn und Hellersdorf betraut, aber der Palast war mit Sicherheit sein Meisterstück, und heute ärgerte Fabian sich manchmal, dass er die Arbeit seines Vaters damals als Kind so wenig bewusst habe erleben und würdigen können. Dass sein Vater der Architekt des Palastes des Republik war, sollte in der Schule und anderswo nicht mehr gelten als die Arbeit in der Fabrik, und auch sein Vater selbst hatte zu Hause, außerhalb seines Arbeitszimmers, dessen Boden immer vollständig bedeckt war mit ausgerollten Papierplänen und Zeichenmaterialien, äußerst wenig über seinen Beruf gesprochen.

Eigentlich erst in den letzten Monaten, dachte Fabian, seit die Sache mit seinem Herzen so ernst geworden war, hatte er im Krankenbett liegend mehrmals davon angefangen, hatte ihn sogar beauftragt, die alten Pläne in der Garage zu suchen und ihm ans Bett zu bringen. Vorher war ja auch nie richtig Zeit gewesen, schließlich hatte sein Vater auch im wiedervereinten Berlin gut zu tun gehabt, da ging es anderen viel schlechter. Arbeitslose Architekten kannte man hier lange nicht.

Nur von dem Asbest hatte er sich nie ganz erholt – im doppelten Sinne. Mit dem Skandal, den Untersuchungen und der Sanierung hatte sein Vater praktisch nichts zu tun (mit der Fassadenisolierung waren andere beauftragt gewesen, die Frage der Verantwortung drang nie bis zu ihm durch), aber als der Vorschlag, den Palast abzureißen, die Runde machte und immer ernster genommen wurde, da hatte Fabian seinen Vater das einzige Mal laut und wüst brüllen hören. Und dass kurz darauf die Schmerzen in seiner Brust stärker und er selbst immer schwächer wurde und das Bett bald nicht mehr verließ, konnte man nicht ernsthaft als Zufall bezeichnen. Dann, in den drei Monaten der

Pflege und Schonung, hatte sein Vater immer öfter den Palast erwähnt – dass er seinerzeit als das modernste Kulturgebäude Europas galt (und das, obwohl der DDR-Staat nahezu pleite war), zumindest was die Innenarchitektur anging, eine derart ausgeklügelte Multifunktionalität hatte die Welt bis dahin noch nicht gesehen. Immer genauer erinnerte sich sein Vater an jedes Detail der Entstehung, und fast jeden Tag, wenn er nicht zu schwach zum Sprechen war, erklärte er seiner Familie aufs Neue, dass sie sich damals an Schinkels Idee des Volkshauses orientiert hätten, Parlamentsdebatten und öffentliche Gaststätte unter einem Dach, dazu Kegelbahnen, Theater und Kunstgalerien. So etwas habe bis dahin noch keiner gewagt.

Zu diesem Zeitpunkt war der Abriss des Palastes zugunsten des Wiederaufbaus des preußischen Stadtschlosses längst beschlossene Sache und die Ausschlachtung des Innenraums im Zuge der Asbestbeseitigung nahezu vollendet, und dennoch war sein Vater an guten Tagen nicht davon abzubringen, in Fachbüchern und endlosen Telefongesprächen mit alten Kollegen nach anderen Auswegen zu suchen. Dabei ereiferte er sich bisweilen so sehr, dass sie ihn zu dritt und beinahe mit Gewalt ins Bett zurückdrängen und ihm die Bücher aus der Hand nehmen mussten, wie heftig er sich auch wehrte und seine Familie beschimpfte, sie müssten doch endlich verstehen, es gebe ganz neue Möglichkeiten, die USA hätten den Thermo-Shield im Weltall erprobt, ob sie denn nicht begriffen, was das heiße, versiegeln statt sanieren, das Gift einschließen, statt es herauszureißen, den Palast erhalten statt zu vernichten, und sie zogen ihm die Decke bis unters Kinn und versuchten ihn zu beruhigen, dein Herz, du musst schlafen, Vater, denk doch an dein Herz. Dann versank er vor Erschöpfung manchmal tagelang in einem Halbschlaf, und dass er überhaupt noch lebte, sahen sie nur an dem regelmäßigen Sichheben und -senken der Bettdecke auf seiner Brust. Ein kranker Mann wird doch auch nicht erschlagen, sondern behandelt, murmelte er, als er wieder Worte fand.

Zwar glaubte Fabian nicht, dass man von einem direkten Zusammenhang zwischen dem Niedergang des Palastes und der Herzkrankheit seines Vaters sprechen konnte, denn die ersten Beschwerden waren schon viel früher aufgetreten, aber die zeitliche Übereinstimmung war in dieser Deutlichkeit dennoch verblüffend. Man hatte schon vor Jahren, als im Zuge des Asbest-Skandals routinemäßig Untersuchungen durchgeführt wurden, Anzeichen einer Staublunge bei seinem Vater erkannt, doch die äußeren Symptome wie Reizhusten, blutiger Auswurf und Atemnot waren mit der Zeit abgeklungen und erst nach Jahren des beschwerdefreien (und beruflich erfolgreichen) Lebens, zusammen mit der koronaren Herzkrankheit, wieder aufgetreten. Schon vor Jahren waren sie, der heilsamen Luft wegen, ins Bayerische gezogen.

Den Starnberger Ärzten zufolge hatte die chronisch entzündete Lunge das Herz über Jahre hinweg schleichend in Mitleidenschaft gezogen und geschwächt, weitere Risikofaktoren wie der erhöhte Cholesterinwert, der Arbeitsstress und das Übergewicht des Vaters hatten zu einer dramatischen Verengung der Herzkranzgefäße, einer Mangeldurchblutung des Herzmuskels und schließlich zu einer stummen Myokardischämie geführt, von weiteren Infarkten sei unbedingt auszugehen. Dass der Vater den Herbst überlebe, sei unwahrscheinlich. Von einer Operation rieten sie ab, ein Gelingen sei unter den gegebenen Umständen nahezu ausgeschlossen, nun sei die Familie gefragt, und auf wiederholtes Drängen des Vaters selbst hatte der blasierte Chefarzt abwägend mit seitlich gelegtem Kopf gesagt, vielleicht noch drei Monate, aber genau kann man das beim besten Willen nicht wissen. Das war am 16. Juni gewesen.

Fabian war wieder vor einem fast völlig verdunkelten Raum stehen geblieben, er konnte unmöglich sagen, wie lange er schon umhergegangen war, die Erinnerungen hatten ihn so umfangen, dass er den Ort, der ihn noch kurz zuvor so überwältigt und in jedem Detail interessiert hatte, beinahe vergessen hatte. Mit auf dem Rücken verschränkten Armen war er blind von Raum zu Raum gelaufen, und auch von der Musik schien er weiter denn je entfernt zu sein. Er stand nun im ehemaligen Lindenrestaurant, von seinem Vater wusste er, dass die farbigen Gobelins an den Wänden eine der künstlerischen Hauptattraktionen des Palastes gewesen waren, man hatte hier Teller an Teller mit den Parteigenossen gesessen, direkt unter den Konferenzräumen des Volkskammerbereichs.

Es war also der 16. Juni gewesen. Das wusste er so genau, weil das Datum der Diagnose zusammen mit der grob geschätzten, verbleibende Lebenszeit begrenzenden Zeitangabe des Arztes von entscheidender, alles bestimmender Bedeutung für die folgenden Wochen war. Seine Mutter hatte sich als Erste aus der Schreckensstarre gelöst (und einmal, in der Küche, mit einem ihr völlig fremden Pathos gesagt, jetzt schlagen wir zurück) und sich für drei Monate von allen übrigen Pflichten des Alltags frei gemacht. Die Tage wurden streng den Erfordernissen der Krankheit entsprechend strukturiert, die ganze Familie nahm von nun an die nach einer fettarmen Diät ausgerichteten Mahlzeiten am Krankenbett ein, und abwechselnd hatten seine Mutter, seine Schwester und er den Vater, der jeden Tag schwächer und bleicher wurde, gewaschen, gefüttert und unterhalten. In manchen Wochen, meistens in unmittelbarem Anschluss an Neuigkeiten über die Zukunft des Palastes, die ihn über die Radionachrichten erreichten (weshalb sie bald das Radio aus seinem Zimmer entfernten), fiel der Vater in einen schlafähnlichen Zustand und war allenfalls noch für kurze Zeitabschnitte bei klarem Bewusstsein.

Die Auszehrung seines Körpers schritt in solchem Maße voran, dass das Krankenzimmer mit allerlei technischer Ausrüstung ausgestattet werden musste, die eine Behandlung des Kranken mit Nitro-Präparaten und eine künstliche Ernährung ermöglichten. Bald lag der Vater unter einem Dschungel von Kabeln, Drähten und Schläuchen, und mitunter hatte es Fabian erstaunt, dass sein Vater, obwohl er über Tage und Wochen hinweg kaum ansprechbar und fast bewegungslos im abgedunkelten und von der Außenwelt völlig abgeschnittenen Zimmer lag, die ganze Familie rund um die Uhr auf Trab halten konnte. In Tages- und Nachtschichten lösten sie sich ab, die Daten von Herzrhythmus und Pumpvolumen mussten notiert und den Ärzten übermittelt werden, Beta-Rezeptoren-Blocker und Aggregationshemmer waren fast stündlich (gegen den schwachen Widerstand des Patienten) zu verabreichen, die Zimmertemperatur wurde regelmäßig überprüft und die durchgeschwitzte Bettwäsche gewechselt.

Wie die Darsteller eines Sukzessiv-Theaterstücks waren sie sich vorgekommen, wenn sie nacheinander auf der Bühne des Krankenzimmers ihre bald routinierten Handgriffe verrichteten, wobei Fabian es von allen Aufgaben am meisten genoss, am Vormittag (von Schule und Zivildienst waren seine Schwester und er für drei Monate befreit) seinem dahindösenden Vater aus der Zeitung vorzulesen. Auch die zwei oder drei Schachpartien, die sich über Wochen hinzogen, hatten sich ungemein beruhigend auf ihn ausgewirkt im Gefühl tiefer Verbundenheit mit dem Kranken. Fabian wusste, wie grob es klang, aber er hatte im Nachhinein den Eindruck, dass es letztlich der einmal prophezeite und somit überschaubare Zeitraum von drei Monaten sowie das damit berechnete (wenn auch nie offen ausgesprochene) Todesdatum (16. September) waren, was es ihnen ermöglichte, diesen Ausnahmezustand mit nicht nachlassender Kraft durchzustehen.

Doch dann war etwas Unvorhersehbares geschehen, der Zustand seines Vaters begann sich nach etwa sechs Wochen erheblich zu bessern. Eines Morgens fanden sie ihn kläräugig und aufrecht im Bett sitzend, zum Frühstück verlangte er Spiegeleier und Kaffee, und nach einer weiteren Woche dominierten erstmals seit seinem Zusammenbruch wieder die Wachphasen, was die Ärzte als ungewöhnlich und bemerkenswert bezeichneten.

Die Familie musste sich nun dem stetig fortschreitenden Genesungsprozess des Vaters anpassen, den ganzen Tag wollte er nun beschäftigt werden, Brettspiele, Skat – und bald hatten sie den Fernseher nach oben getragen, auch wenn die Mutter sich die Kontrolle über das Programm nicht nehmen ließ, keine Krimis und keine Herzschmonzetten, sagte sie, und auf keinen Fall politische Magazine oder Nachrichten. Es war auch die Mutter, die darauf bestand, den Ablauf der Behandlung nach ursprünglichem Zeitplan fortzuführen, zu viel des Guten sei immer noch besser, als sich später etwas vorwerfen zu müssen, argumentierte sie, und noch häufiger als zuvor musste sich der Vater nun in der Klinik Stressradiographien und Röntgenuntersuchungen der Herzkranzgefäße unterziehen, wobei er jedesmal weinte vor Schmerz, wenn die Kontrastmittel über einen Leistenkatheter eingeführt wurden.

Aber im Ganzen erholte er sich täglich etwas mehr, die ersten Schritte bis zur Garage und zurück wurden zu immer ausgedehnteren Spaziergängen, während derer er Zukunftspläne entwarf und Vorträge über die Geschichte der Architektur begann. Nach wenigen Sätzen kam er aber stets wieder auf den Palast der Republik zu sprechen, bis ins kleinste Detail erinnerte er sich an die Jahrzehnte zurückliegende Entwurfsphase, Namen von längst vergessenen Arbeitskollegen fielen ihm wieder ein, und er tat die Versuche der Mutter, ihn zu beruhigen (»Denk doch bitte auch mal an dein Herz, und an uns!«), verärgert ab und fuhr in seinen Ausführungen zu Gestaltung und Funktionsweise des Palastes fort. Aber nachdem er sich ein paar Wochen lang wieder und wieder daran abgearbeitet hatte, verloren seine Worte mit jedem weiteren Mal an Zorn, bis er einmal, nachdem er lange und mit der Sachlichkeit eines Professors über die Konstruktion des Großen Saals referiert hatte, in ganz ungewohnt versöhnlichem Ton sagte, ach, was soll's, letztlich hat ja doch alles seine Zeit, und keiner hatte darauf etwas zu erwidern gewusst.

Danach sprach Fabians Vater nie wieder über den Palast der Republik. Dafür begann er, sich für seine Krankheit zu interessieren. Im Internet bestellte er stapelweise Bücher über Asbest und andere giftige Baumaterialien, die seine Familie ihm ins Krankenzimmer schleppte und in denen er bis tief in die Nacht las. Die Mutter weigerte sich allerdings dennoch, Tropf und Messgeräte abzubauen, und selbst als der Vater schon mit dem Aufbautraining, Liegestützen und leichten Hantelübungen, begonnen hatte, weinte und schimpfte sie so lange krampfartig, bis er schließlich einer aufwendigen Intervalltherapie zustimmte, bei der mit Laser und durch das Einsetzen eines Maschendrahtgeflechts die Gefäße erweitert wurden.

Der Vater fertigte Zeichnungen von kleinsten Siliziumpartikeln an und übertrug sie mit Filzstift auf große Poster, die über seinem Bett aufgehängt wurden. Beim Frühstück trug er vor, dass das Asbestmineral seinen Namen nach einem kleinen russischen Bergdorf trage und schon im Altertum bei der Herstellung von Dochten und Tüchern verwandt worden sei, und ein ganzes Wochenende verbrachte er damit, ihm verdächtige Stellen der Wohnung – Lüftungskanäle, Fußbodenbelag sowie Decken- und Heizkörperverkleidungen – nach Asbestrückständen abzuklopfen.

Schließlich hatte sich Fabians Vater fast vollständig von seiner Krankheit erholt und schon wieder in langen Telefonaten mit seinem Büro an beruflichen Entscheidungen teilgenommen; umso erstaunter waren die Ärzte deshalb, als sie von der Mutter Anfang September erfuhren, dass ihr Mann auf Wunsch der Familie eingewilligt habe, sich einer Bypass-Operation am offenen Herzen zu unterziehen. Ob man denn wisse, dass dies normalerweise die ultima ratio sei … ob denn nicht eine vorbereitende Ionenstrahl-Behandlung vorzuziehen sei … man müsse sie darauf hinweisen, dass die Verlustrate noch immer bei 20 Prozent liege …

Aber die Operation verlief ohne Komplikationen und quasi nach Lehrbuch, wie der Oberarzt verkündete, die Testergebnisse seien verblüffend, man habe die Herzfunktion des Kranken nicht nur stabilisieren, sondern aus bisher ungeklärten Gründen sogar noch steigern können.

Schon am 10. September war Fabians Vater aus dem Krankenhaus entlassen worden, bald darauf konnte er, ohne außer Atem zu geraten, leichte Waldläufe unternehmen, und noch einen Tag vor seinem überraschenden Tod hatte er der Familie mitgeteilt, er werde sich, um seine Gesundheit und den in den vergangenen drei Monaten neu entdeckten Familienzusammenhalt nicht unnötig aufs Spiel zu setzen, aus der leitenden Position seines Büros zurückziehen. Sein Herz habe ihm mit einem tüchtigen Schuss vor den Bug signalisiert, dass die Zeit gekommen sei.

Wenn er es recht bedachte, überlegte Fabian, war sein Vater, der ein paar Stunden später, am Morgen des 16. September, von der Mutter aufgefunden wurde, am Tag seiner vollständigen Genesung gestorben. Die Umstände waren nach wie vor ungeklärt, die Untersuchungen dauerten an, und die Trauer war auch jetzt noch so lähmend (vor allem für die Mutter), dass auch das überraschende Ergebnis der ersten Autopsie ihnen nicht ein einziges Wort der Reaktion hatte entlocken können. Nach Ansicht der Ärzte war die ursprüngliche Diagnose ungenau, wenn nicht gar fehlerhaft gewesen, sein Vater war mitnichten herzkrank gewesen, womit sich auch die zunächst unerklärliche Geschwindigkeit seiner Heilung, wenn auch nicht das primäre Leiden, begründen ließ. Überhaupt konnte man bisher nicht das geringste Anzeichen einer Erkrankung feststellen (wenn man von den chronisch gereizten Stimmbändern infolge einer schlecht verheilten Diphtherie im Jungenalter absah). Aber letztlich waren Fabian die weiteren Ergebnisse zur Todesursache seines Vaters gleichgültig und fast lästig, denn es war ja ohnehin grotesk, so oder so.

STENDHAL, STOCKHOLM

In den Wochen nach Beendigung meiner wissenschaftlichen Abschlussarbeit kehrte ich nicht, wie ursprünglich geplant und von Freunden und Familie erwartet, nach Deutschland zurück, sondern blieb aus einem Gefühl unbestimmter Erwartung heraus in London, wo ich auf langen Streifzügen die Stadt erkundete.

An einem späten Nachmittag im Oktober setzte ich mich müde auf die Stufen einer nahe dem Covent Garden gelegenen Kirche und versuchte, auf meinem schon in Fetzen hängenden Stadtplan die Route des Tages mit Filzstift nachzuzeichnen – in der mich plötzlich angenehm aufregenden Vorstellung, im Gewirr meiner Pfeile und Verbindungslinien eine Art geheimer Botschaft zu entdecken. Aus meinen Bemühungen, ohnehin schon erschwert durch das immer schwächer werdende und schließlich ganz von der Dunkelheit verdrängte Tageslicht, wurde ich aufgeschreckt durch das Knarren der Kirchentür, die sich hinter mir öffnete. Ein Mann in einem schwarzen Anzug trat heraus, um mich und eine am Fuß der Treppe wartende Gruppe von ungefähr zehn Menschen, die mir bis dahin gar nicht aufgefallen war, höflich aufzufordern einzutreten. Von Erschöpfung übermannt gehorchte ich und betrat mit den anderen die Eingangshalle. Diese führte, wie ich nach den einleitenden Sätzen des Mannes verstand, keineswegs in das Innere einer gewöhnlichen Kirche, sondern in den Tempel des englischen Freimaurerordens. In der weiten, offenbar achteckigen und, soweit ich erkennen konnte, vollkommen leeren Eingangshalle umfing uns, nachdem sich die schwere Tür mit einem Krachen geschlossen hatte, fast völlige Dunkelheit, nur die Lichtkegel einzelner Fackeln deuteten die Konturen des Raumes an. Als auf fremdem Terrain verunsichertes Menschenrudel verharrten wir erst eng beieinander und drängten dann unserem Gastgeber nach, der sich zielstrebig auf eine weitere Tür zubewegte. Nach kurzem Exkurs zur Geschichte des Gebäudes führte er uns in den angrenzenden Raum, der außer Vitrinen voller Porzellan mit rätselhaften Zeichen und tief herabhängenden Wappenflaggen auch eine große Sammlung alter Bücher beherbergte.

Über die Männergesellschaft der Freimaurer sei gemeinhin ja wenig Fundiertes bekannt, sagte der Fremdenführer, dafür seien umso mehr Legenden, Gerüchte, schlicht Unwahres, im Umlauf. Immer wieder in der Geschichte habe man die Freimaurer, die sowohl Traditionen mittelalterlicher Zünfte als auch esoterische Strömungen christlicher Templer und Rosenkreuzer in sich aufgenommen hätten, als gefährlichen Geheimbund mit dem Ziel einer Weltverschwörung gefürchtet und im Dritten Reich sei es wegen angeblich jüdischer Interessen zu einer offenen Hetze gegen die Bruderschaft gekommen. Während fast alle Weltreligionen ihre Glaubensanhänger auf ein Leben nach dem Tod vorbereiteten, fuhr er fort, bleibe das Freimaurertum gemäß der aufklärerischen Ideale von Humanität, Toleranz und Brüderlichkeit ganz dem Erdenleben zugewandt – humanitäre Vollendung statt himmlischer Lehren, das habe viele freie Geister der Weltgeschichte für den Orden eingenommen, Haydn, Lessing, Goethe, Fichte, Mozart, ja auch Churchill und Chaplin seien Mitglieder gewesen …

Etwas hatte meine Schläfrigkeit noch gesteigert, vielleicht der zunehmend monotone Predigtton unseres Gastgebers in einer mir immer noch fremden und bei mangelnder Aufmerksamkeit entgleitenden Sprache oder der von Hunderten alter Bücher ausgehende Geruch vergilbter Seiten. Mit einem unbemerkten Ausfallschritt war ich in eine der vielen Seitennischen mit dunkel lackierten Bücherregalen entkommen und hatte mich auf einen Holzschemel fallen lassen. Für einige Sekunden stützte ich meinen Kopf auf die Hände, gab der Müdigkeit nach, schloss die Augen und meinte plötzlich neben den mich nun deutlich gedämpfter erreichenden Worten des Hausherrn noch eine zweite Stimme, ein unverständliches Flüstern in unmittelbarer Nähe zu vernehmen. Ich wandte den Kopf, erblickte nichts als Bücher, und um nicht vollends einzuschlafen, begann ich, Titel und Verfasser auf den ledernen Buchrücken zu entziffern. Viele Bände datierten aus dem frühen achtzehnten Jahrhundert, der älteste, den ich entdecken konnte, wies sich als *Minute Book of the Premier Grand Lodge of 1717* aus und enthielt, wie ich feststellte, nachdem ich ihn aus dem Regal gezogen und aufgeschlagen hatte, außer einem Verzeichnis der ersten Mitglieder und Listen regionaler Logen umfängliche Sammlungen von Sitzungsprotokollen und Korrespondenzen. In dem reich dekorierten Nachbarband *Articles of Union* vermutete ich eine Art Verfassung der Bruderschaft. Alle Bände, meist schwarzes Leder mit Goldprägung, manche mit noch ungebrochenem Siegel, waren aufwendig mit Wappen und Symbolen versehen, Wasserwaage, Senkblei, Winkelmaß, sich wiederholenden Zahlenreihen, geometrischen Figuren.

Längere Zeit muss ich mit dem Zeigefinger auf den Buchreihen entlanggestrichen haben, den Kopf schräg gelegt in Leseposition, ein halbes Dutzend Bücher stapelte ich auf meinen Knien. Gerade wollte ich mich vergewissern, ob die Bestände alphabetisch oder nach Erscheinungsdaten geordnet waren, als ich merkte, dass um mich Stille herrschte. Vollkommene Stille. Von dort, wo eben noch die Schritte meiner Mitbesucher auf dem Parkettboden und die einlullenden, auf und ab fließenden Erzählrhythmen unseres Gastgebers zu hören gewesen waren, drang nun nicht mehr das geringste Geräusch herüber. Hastig trat ich aus der Nische heraus und zurück in den Bibliotheksraum, darauf gefasst, in schadenfroh grinsende Gesichter zu blicken. Doch der Saal war menschenleer. Nur die in Öl porträtierten Herzöge und Großmeister des Ordens blickten ernst von hohen Wänden. Mit wenigen Schritten erreichte ich die vollständig mit Reliefs biblischer Figuren überzogene schwere Bronzetür, die sich widerstandslos öffnen ließ, und blickte im nächsten Augenblick auf einen langen, links und rechts von Türen gesäumten Gang. Nun begann ich zu laufen, meine Schritte hallten laut auf dem abgestuften Blau des Marmormosaiks, und trotz meiner weichen Knie überlegte ich noch, in welchen Kafka-Roman ich mich versetzt fühlte, an welchen Albtraum meiner Kindheit ich mich erinnerte angesichts dieser zahllosen Türen, des sich scheinbar immer weiter verlängernden Ganges und der plötzlich bedrohlich niedrigen Decken, von denen matt leuchtende Lampen an Messingketten wie Fangarme herabhingen. Es kann nur wenige Sekunden gedauert haben, bis ich das Ende des Ganges erreichte. Nachdem ich ein enges Studierzimmer durchlaufen und über eine Treppe einen großen Sitzungssaal mit Hunderten blauer Klappsessel betreten hatte, war ich so außer Atem, dass ich stehen bleiben und keuchend meine Hände auf die Knie stützen musste.

Ich erwog zurückzugehen, bezweifelte aber – nicht zuletzt wegen eines von jeher fast unbrauchbaren Orientierungssinns –, den richtigen Weg wiederzufinden, auch wollte ich um Hilfe rufen, doch außer der lächerlichen, vollkommen unangemessenen Verballhornung *Angst essen Kekse auf*, die sich zwanghaft als Endlosschleife in meinem Kopf wiederholte, wollte mir kein passendes Wort einfallen. Erst kürzlich hatte ich gelesen, wie Angst die Wahrnehmung verändert. Die Zeit verliert ihren Takt, die Welt rast als Blitzgewitter von Bildern und Begriffen vorbei, und doch brennt sich jedes Detail unauslöschlich dem Gedächtnis ein.

Diesen fensterlosen Raum, den ich soeben betreten und kaum mehr als ein paar Sekunden wahrgenommen hatte, konnte ich mit auf den Boden gerichteten Augen bis in den letzten Winkel genau beschreiben. Wenn ich aufblickte, würde sich vor mir der schachbrettgemusterte Marmorfußboden weithin erstrecken und auf die vergoldeten Schnörkel eines violett gepolsterten Throns hinführen, links und rechts würden Stuhl- und Sesselreihen ansteigen, und über mir würde ich statt einer Decke eine in bestimmt dreißig Metern Höhe sich wölbende Dachkuppel erkennen, voller hebräischer Schriftzeichen und farbiger Fresken.

Ich war verloren gegangen. Inmitten einer von Millionen bevölkerten Großstadt, mit Sicherheit nicht mehr als zwanzig Meter entfernt von überfüllten Gehsteigen, Tür an Tür gelegenen Pubs, asiatischen Restaurants und umlagerten Schaufenstern war ich vollkommen allein.

Ich setzte mich auf einen der Klappsessel in der ersten Reihe, kam wieder zu Atem, beruhigte mich. Zur Not würde ich eben während der Nacht hier ausharren und mich zur Morgenandacht finden lassen, dachte ich, wenn nur das Licht und die Heizung an- und unheimliche Geräusche ausblieben. Unentschlossen, ob ich mich gleich quer über mehrere Sitzflächen legen und in den Schlaf flüchten sollte, besah ich noch einmal den riesigen offenen Raum, der mich umgab, und trat, da alle Müdigkeit verjagt war, an eine Galerie großformatiger Gemälde.

Alle Porträts zeigten, wie ich den Bildunterschriften entnehmen konnte, ehemalige Großmeister der United Grand Lodge, darunter Frederick Lewis, Prinz von Wales, sowie Anthony Sayer und Henry Selwyn, ihres Zeichens Herzöge von Cumberland und Kent. Einige Bilderrahmen wiesen bei genauerer Betrachtung Schwärzungen und Beschädigungen auf, die ich auf Feuereinwirkung zurückführte. Auch differierten die Dichte des Farbauftrags und die Schraffierungsrichtung des Pinselstrichs mitunter so unverhältnismäßig, dass ich annehmen musste, die Bilder, die den Angaben zufolge bis zu 250 Jahre alt waren, seien mehrfach übermalt oder zumindest ausgebessert worden. Das letzte, etwas abseits im Halbschatten eines Seitengangs hängende Bild hätte ich, da ich mich gerade dem Thronsitz zuwenden wollte, vermutlich übergangen, wäre mir im Vorübergehen nicht die sonderbar plastische, fast dreidimensionale Räumlichkeit darin aufgefallen sowie eine geradezu aufreizend frontale Ansicht des Abgebildeten, die sich von der leichten Untersicht der übrigen Gemälde unterschied.

In der Rückschau verschmilzt das Folgende zu einem einzigen, weit gedehnten Augenblick, so dass ich nicht mit Sicherheit sagen kann, ob ich zuerst *sah*, dass es sich bei dem vermeintlich Porträtierten nicht um ein Bild, sondern um einen lebendigen Menschen handelte, der mich durch eine in eine unauffällige Holztür eingelassene Glasscheibe (deren Abmessungen, das muss ich mir zugute halten, tatsächlich denen der benachbarten Gemälde sehr nahe kamen) regungslos beobachtete, ob ich also, von dieser Erkenntnis buchstäblich zwei Schritte nach hinten geworfen, zuerst laut aufschrie, oder ob dieser alte, mehr tot als lebendig erscheinende Mann zuerst in akzentfreiem Deutsch sagte, seien Sie vorsichtig, mein Herr, man sollte manche Bilder nicht zu lange ansehen.

Ich hatte mich sehr schnell wieder gefasst, mein Entsetzen wich der Erleichterung, schon entschuldigte ich mich, reflexartig auf Englisch, für meine Schreckhaftigkeit, ich hätte meine Besuchergruppe verloren, erklärte ich, und mich anschließend in diesen vielen sich ähnelnden Räumen verlaufen. Ich glaubte, damit meinen Wunsch, das Gebäude zu verlassen, deutlich gemacht zu haben, doch der alte Mann, der die Tür geöffnet hatte und zu mir in den Raum getreten war, machte keine Anstalten, mir den Weg zu weisen, sondern entschuldigte sich seinerseits, er habe nicht widerstehen können, mich zu beobachten, im Übrigen solle ich doch deutsch mit ihm sprechen, auch wenn ich ihm bestimmt die eine oder andere missratene Formulierung verzeihen müsse, er habe seit Jahren kaum mehr ein deutsches Wort gesprochen.

Es war mir unmöglich, sein Alter zu schätzen. Der Ausdruck seiner nun flink wandernden Augen war der eines ewigen Jungen, doch die Haare hingen ihm bleiweiß und dünn bis zur Schulter und umgaben ein von Stirn- und Wangenfalten zerrissenes Gesicht.

In den ersten Jahren hier im Tempel, sagte er, habe ihm seine Muttersprache mit all ihren Umständlichkeiten, ihren wichtigtuerischen Endungen sehr gefehlt, diesen Möglichkeiten, Einfaches unendlich kompliziert auszudrücken, und es habe eine Zeit gegeben, da seien ihm, wann immer er deutsche Touristen in diesen Räumen habe flüstern hören oder Glaubensbrüder auf Besuch aus deutschen Logen bei ihren Tischgebeten belauscht hätte, augenblicklich die Tränen gekommen. Dass ich Deutscher sei, diese Bemerkung müsse ich ihm nachsehen, habe er auf den ersten Blick erkannt. Nicht mein Aussehen, nein, meine Art, mich im Raum zu orientieren und diese an sich doch völlig belanglosen Bilder aufs Genaueste zu studieren, hätte mich verraten, dieses instinktive Bedürfnis, Kunst zu verstehen, das er immer wieder als Eigenheit deutscher Bildungsbürger erlebe.

Auf alte Menschen soll man eingehen, ermahnte ich mich, nickte höflich und lächelte geduldig, und die Aussicht, mich schon bald unter das Nachtvolk zu mischen und in Chinatown noch einen süßsauren Mitternachtsimbiss zu mir zu nehmen, machte mich diesem Männlein gegenüber, das sich auf einen Stuhl niedergelassen hatte, so ehrlich dankbar, dass ich mich zu ihm setzte, nach seinem Heimatort in Deutschland und seinem Bekenntnis zum englischen Freimaurertum fragte. Daraufhin schwieg der Alte zunächst, und eine Wahnsekunde lang sah ich ihn sterben, hier vor meinen Augen, ohne mir zuvor den Fluchtweg aus dem labyrinthischen Tempel gezeigt zu haben.

Seine Geschichte, setzte er wieder an, sei schneller erzählt, als ihm lieb wäre. Und dass er wirklich in Berlin geboren und aufgewachsen sei, wie sein Gedächtnis ihn meistens glauben machen wolle, erscheine ihm manchmal weit fragwürdiger, als er mir jetzt hier erklären könne. Nur eines sei mit Sicherheit zu sagen, nichts sei er weniger als ein Mitglied der freimaurerischen Bruderschaft, ob englisch oder deutsch, nicht einmal die Namen der Männer, denen er hier seit Jahrzehnten begegne, könne und wolle er sich einprägen. Letztlich sei er, und darin – nicht wieder erschrecken, mein Herr – ähnelten wir uns wohl, am ehesten eine Art Gefangener. Natürlich, es stehe ihm frei, noch heute den Tempel zu verlassen, aber allein die Vorstellung, sich weiter als bis zu den Lincoln Gardens im Osten oder zur Euston Station im Norden zu entfernen, bereite ihm solche Schwindel- und Angstgefühle, dass er schon vor langer Zeit alle Fluchtgedanken für immer verworfen habe. Darum spreche er auch lieber von der Vergangenheit, denn obwohl dies nicht weniger schmerzhaft sei, habe er dabei doch das beruhigende Gefühl, sie könne sich genauso gut niemals ereignet haben und sei letztlich nicht wahrhaftiger als ein Traum.

Über alle Berge wünschte ich mich jetzt und diesen unheimlichen Alten zum Teufel, doch zwang ich mich sitzen zu bleiben, in der plötzlichen Gewissheit, dass ich ohne seine Geschichte diese Räume nicht verlassen würde. Sie kommen also aus Berlin, versuchte ich ihn voranzutreiben, worauf er innehielt – Sie wollen mich drängen, nicht wahr, sagte er, das könne er mir nicht verübeln, aber auch die Zeit habe hier drinnen schon lange ihre Bedeutung verloren. Dabei falle ihm ein, er habe sich noch gar nicht vorgestellt, sein Name sei Viktor Pahle. Aber ja, er stamme aus Berlin, aus Köpenick, um genau zu sein, wo er vor dem Krieg Zeichenlehrer an einer Volksschule gewesen sei. Er wolle mich nicht langweilen mit Kriegsgeschichten, zumal diese Zeit, wie er wisse, für meine Generation ja ohnehin abstrakt und unbegreiflich bleibe.

Mit dem Unterricht plante er damals, sein Architekturstudium zu finanzieren, aber daran sei nach Kriegsausbruch nicht mehr zu denken gewesen. Zwar sei er als Pädagoge als *dauerhaft unabkömmlich* eingestuft und nicht zum Frontdienst eingezogen worden, anders als die meisten seiner

Freunde, von denen nur wenige unversehrt heimgekehrt seien, doch habe er Berlin im vierten oder fünften Kriegsjahr trotzdem verlassen müssen. Wie ich mit Sicherheit noch aus dem Geschichtsunterricht wisse, wurde Berlin, als die Luftangriffe auf deutsche Städte drastisch zunahmen, in groß angelegtem Stil entvölkert, ganze Schulklassen seien mitsamt Lehrpersonal evakuiert worden, aufs vermeintlich sichere Land. Er selbst habe sich plötzlich in dem winzigen Prenzlau wiedergefunden, wo er seine Schüler in einem zugigen Gemeindeturnsaal Dürers Hasen abzeichnen ließ. Nebenbei gesagt sei Prenzlau wie Halbe und Teupitz in den letzten Kriegswochen von der Roten Armee nach irrwitzigen Verteidigungsschlachten befreit worden, die Kesselschlacht von Halbe sei mir vielleicht ein Begriff, aber wie auch immer, da habe er schon seit Monaten im Kriegsgefangenenlager Luckenwalde eingesessen und den Untergang Deutschlands herbeigesehnt.

Er wolle sich, versicherte Herr Pahle, keinesfalls in die Rolle des Widerständlers retten, ganz im Gegenteil, einige seiner Verwandten seien stolze Uniform- und Abzeichenträger der ersten Generation gewesen. Er habe auch nicht seine eigene Begeisterung vergessen, als man zu Beginn des Krieges die Rückkehr der siegreichen und braungebrannten Truppen aus Frankreich und ihren Marsch durchs Brandenburger Tor bejubelt hätte, als Krieg kaum mehr bedeutet habe als ein großes Versprechen und für die Damen Kosmetik und Schick aus Paris. Deswegen könne er sich auch nach über einem halben Jahrhundert nicht erklären, weshalb ihn eines Morgens in Zivil gekleidete Beamte der Gestapo zum Gespräch aufforderten, Schüler hätten sich über ihn beschwert, habe es nur geheißen, einige seiner Bemerkungen im Unterricht seien erklärungsbedürftig.

Letzten Endes, er wolle hier abkürzen, habe er nie erfahren, was ihm von welchem Schüler zur Last gelegt wurde, und da ihm das Unterrichten neben der Kunst selbst immer das Schönste gewesen sei und er schon aufgrund seiner altersbedingten Nähe zu den Schülern nie Schwierigkeiten mit ihnen gehabt habe, könne er nicht anders, als an einen unbedachten Jungenstreich zu glauben. Vielleicht habe sich ein Schüler über eine Note geärgert, vielleicht habe ein ehrgeiziger Vater seinen Beitrag zum Endsieg liefern wollen. Vielleicht aber lag es doch an der russischen Linie väterlicherseits, später habe er den Mädchennamen der Mutter angenommen, dass man ihn schließlich in Luckenwalde einsperrte, dem größten Stammlager im Wehrraum 3. Zu einer Verhandlung sei es nie gekommen, offiziell habe er während der ganzen Zeit auf einen Anhörungstermin bei Gericht gewartet. Von seinen Eltern fehlte jede Spur.

Im Lager sei er dann krank geworden, fuhr er nach einer kurzen Pause fort, und letztlich verdanke er diesem Umstand wohl sein Leben, falls seine nun schon Jahrzehnte andauernde Abkehr von der Welt noch eine solche Bezeichnung verdiene. Bereits nach einigen Wochen habe er alle Symptome von Fleckfieber gezeigt, Kriegs- oder Läusetyphus nannte man das, an dem praktisch jeder Zweite gestorben sei, Schüttelfrost, Ausschlag unter den Achseln und am Geschlecht. Tagelang habe er in der Krankenbaracke im Fieber gelegen, und doch könne er sich alles, wenn er es wie jetzt darauf anlege, noch immer vergegenwärtigen, die Glühbirne, die Fliegen, den Geruch.

Wie knapp er den Aussonderungsaktionen des SD entgangen sei, habe er erst nach seiner Genesung begriffen, als er schon unter dem Schutz des Lagerarztes stand. Manchmal finde er nächtelang keinen Schlaf bei dem Gedanken, dass er nichts weniger Banalem sein Überleben verdanke als dem damals bevorstehenden vierzigsten Geburtstag der Arztgattin. Sein Gesundheitszustand hatte sich langsam zu bessern begonnen. Zwar sei er noch zu schwach gewesen, um tagsüber in der Spinnstofffabrik zu arbeiten, doch bald habe er für einige Stunden in dem im Keller des Verwaltungsgebäudes direkt neben den Leichenräumen gelegenen Küchentrakt ausgeholfen, Wand an Wand mit den in Metallregalen gestapelten Arbeitstoten. Jedenfalls sei eines Morgens der Lagerarzt in der Küche aufgetaucht, habe sich nach seinem Befinden erkundigt und dann gefragt, ob seine Angaben stimmten, dass er Maler sei? – Nein, habe Herr Pahle geantwortet, nur Zeichenlehrer. – Auch gut, sei die ungeduldige Antwort gewesen – mitkommen! Der Arzt habe ihn auf sein Zimmer gebracht, ins Hauptgebäude inmitten der Offiziersquartiere neben der Außenstelle des Arbeitsamts. Dort habe auf einem Stuhl mit abgerundeten Armlehnen ein Junge in tadellos gebügelter HJ-Uniform gesessen, mein Sohn Werner, sagte der Arzt. Neben ihm auf dem Boden hätten sich, ordentlich aufgereiht, eine Vielzahl fabrikneuer Zeichen- und Malmaterialien befunden, Matrizen, Bleistifte unterschiedlicher Härte, Terpentin- und Mohnölfläschchen, Holzpalette, ein Porzellantiegel. Sie fangen am besten sofort an, habe der Arzt ohne weitere Erklärungen gesagt und lediglich angefügt, dass das Bild ein Geschenk für seine Frau sei und dass sein Sohn nun einmal in der Woche für eine Stunde zum Modellsitzen ins Lager komme. Damit habe er den Raum verlassen und die Tür von außen verschlossen. Herr Pahle und der Sohn Werner hätten sich wortlos angesehen, dann habe er den Jungen gebeten, seinen Kopf etwas zum Fenster zu drehen, und mit den ersten Skizzen begonnen.

Er würde hier gern mehr ins Detail gehen, sagte Herr Pahle, aber eigenartigerweise vermischten sich in seiner Erinnerung die vielen Stunden und Nachmittage der folgenden Monate, die er und der Junge meist schweigend und fast bewegungslos einander gegenübersitzend in dem Raum verbracht hätten, zu einer einzigen, nicht enden wollenden Sitzung.

Nur an das zweite Treffen entsinne er sich noch deutlich und daran, wie er den mit Leinen bespannten Sperrholzrahmen auf einer behelfsmäßigen Staffelei ausbalanciert und anschließend die Farben in dem Porzellantiegel gemischt und gerührt und auf die Palette gespachtelt habe. Der Raum sei erfüllt gewesen vom Geruch nach Chemikalien, und vielleicht sei plötzlich der Lehrer mit ihm durchgegangen, denn er habe begonnen, dem Jungen jeden seiner Handgriffe zu erklären und die Namen der Farben von den Flaschenetiketten abzulesen – Kobaltblau, Englischrot, Kupfergrün, Barytgelb und schließlich das gut deckende, wegen seines Bleianteils hochgiftige Kremser Ölweiß. Das seien die ersten der wenigen Worte gewesen, die je zwischen ihnen fielen, und keinesfalls könne man sagen, dass sich so etwas wie eine Freundschaft entwickelt hätte. Meist habe der Junge ihn nur ernst und konzentriert angestarrt, oft sei im Verlauf einer ganzen Stunde nicht ein einziger Satz gesprochen worden. Dann habe man allein das Streichen des Pinsels auf der Leinwand gehört, und sein gleichmäßig zum Jungen sich hebender und zur Leinwand sich senkender Kopf sei die einzige Regung im Raum gewesen. Einige Male habe er versucht, den Jungen aus der Reserve zu locken, doch der habe in feindseligem Ton stets nur das Nötigste geantwortet, allenfalls einmal einen Fahnen- und Fanfarengang oder die Sonnenwendfeier erwähnt.

Erst nach einigen Wochen, sagte Pahle, als die Gerüchte von der anrückenden Roten Armee im Lager die Runde machten und Kranke und Arbeitsunfähige in immer größerer Anzahl verschwanden, sei ihm bewusst geworden, dass ihn allein die Arbeit an dem fast fertigen Ölporträt schütze. Sein Sonderauftrag für den Arzt machte ihn in gewisser Weise noch einmal *unabkömmlich*. Dieser Schutz jedoch, so war ihm klar, würde auch diesmal nicht von Dauer sein, und in einer der folgenden Sitzungen konnte er vor Angst den Pinsel kaum führen. An diesem Tag habe der Junge zum ersten und einzigen Mal, als habe er Pahles Panik gespürt, das Wort von sich aus an ihn gerichtet und laut und deutlich gefragt, wann das Bild denn nun fertig sei, und Pahle habe den Jungen über die obere Rahmenkante hinweg angesehen und sich antworten hören, vielleicht darf es ja nie fertig werden.

Was dann geschehen sei, sagte Pahle, könne er sich bis zum heutigen Tag nicht schlüssig erklären, doch Tatsache sei, dass der Hitlerjunge Werner auch weiterhin pünktlich jede Woche zum Modellsitzen erschien und dass er selbst, obwohl das Bild längst vollendet war, immer mehr Details eingefügt, weitere Schatten angedeutet, neue Farbschichten aufgetragen habe, bis es zuletzt so übermalt war, dass sich die getrocknete Farbe fast zentimeterdick über die Leinwand erhob. Und während der gesamten Zeit hätten er und der Junge nie wieder ein Wort miteinander gesprochen.

Wenn man so wolle, sei es wohl zu einer Art stillschweigendem Übereinkommen zwischen ihm und dem Jungen darüber gekommen, dass dieses Bild tatsächlich nicht fertig werden durfte, und auch die Rolle und das Anliegen des Vaters, des Lagerarztes, der sich nicht ein einziges Mal nach dem Fortschritt der Arbeit erkundigt und den er, wenn er es recht bedenke, überhaupt nie wieder gesehen habe, verstehe er bei bestem Willen nicht.

Ich fragte Herrn Pahle, der nun schwieg und etwas in weiter Entfernung zu beobachten schien, ob es nicht offensichtlich sei, dass der Arzt ihn von Anfang an habe schützen wollen, da fiel er mir brüsk ins Wort, nein, das könne er, sosehr er es sich manchmal auch wünsche, nicht glauben. Mitgefühl oder so etwas wie Gerechtigkeitssinn habe er da niemals gespürt, schließlich habe dieser Mann jeden Tag über Leben entschieden. Dass ich eine solche Möglichkeit in ihrer ganzen stupiden Logik überhaupt in Erwägung zöge, sei wieder allein mit der Denkweise meiner ahnungslosen Generation zu entschuldigen. In Wahrheit gebe es keine Erklärung für seine Rettung. Letztlich, so vermute er, sei er in den sich überstürzenden Vorbereitungen zur Räumung des Lagers schlicht vergessen worden, und was den Jungen angehe, so glaube er, dass es wohl zu etwas gekommen sein könnte, das ihm Jahrzehnte später in anderem Zusammenhang als das Stockholm-Syndrom wiederbegegnet sei. Wie ich bestimmt schon einmal gehört habe, sei dieser Begriff in den frühen Siebzigern geprägt worden, nach einer Geiselnahme in einer Stockholmer Bank, bei der es im Verlauf der Tage und Nächte sich hinziehenden Verhandlungen mit der Polizei zu einer starken Bindung zwischen Geiseln und Besetzern gekommen sei. Später habe sich eine Bankangestellte sogar mit dem Anführer der Geiselnehmer verlobt. Eine Zeit lang habe ihn das intensiv beschäftigt, dieses Phänomen, bei dem sich Todesangst in ein an Liebe grenzendes Gefühl umwandelt, aber das führe nun sicher zu weit, zumal damit das Verhalten des Jungen Werner in Luckenwalde nur sehr bedingt erklärt werden könne, schließlich habe sich dieser während des Modellsitzens in der vermeintlich überlegenen Machtposition befunden. Und seinerseits könne er sich nicht einer einzigen positiven Empfindung erinnern; dem Arzt habe er nicht weniger den Tod gewünscht als dem Lagerführer, und noch heute male er sich mitunter aus, wie er Kremser Ölweiß in den Küchentrakt schmuggle, um das Essen von Offizieren und Wachen zu vergiften. Allein was aus dem Jungen geworden sei, überlege er manchmal, ohne allzu viel Hass zu verspüren, doch sein Gefühl sage ihm, dass dieser die zum Großteil von Kindern geführten Häuserkämpfe nicht überlebt habe.

Was mit dem Bild passiert sei, fragte ich, und Herr Pahle antwortete, er wisse es nicht, aber er vermute, es sei in den Wochen nach der Befreiung in den Aufräum- und Abrissarbeiten untergegangen.

Er schien zu Ende erzählt zu haben, doch dann sagte er, eine schreckliche Geschichte verdient kein versöhnliches Ende. Und überhaupt habe er sich ja schon wieder heillos verzettelt, er habe mir doch eigentlich erklären wollen, wie er vor Jahren nach London gekommen sei, in dieses Gebäude, das er seitdem so gut wie nie mehr verlassen habe.

Nach dem Krieg sei es ihm unmöglich gewesen, in den Schuldienst zurückzukehren, er blieb, obwohl nie verurteilt, *unehrenhaft* suspendiert. An ein Studium sei schon aus finanziellen Gründen nicht zu denken gewesen. Durch Glück fand er eine Anstellung in einem Zeitungsarchiv, und wenn er es recht bedenke, sagte Pahle, habe er die folgenden zwanzig Jahre fast ausschließlich mit bezahltem Zeitunglesen verbracht, sein gesamtes Wissen von der Welt stamme wohl aus dieser Zeit.

Er sei schon Mitte vierzig gewesen, als eine lange und zweifellos ernsthafte Beziehung zu einer Verlobung geführt habe, doch kurz danach, buchstäblich von heute auf morgen, zerbrochen sei. Darauf wolle er nun nicht genauer eingehen, doch sei dieser abrupten Trennung eine Zeit innerer Leere gefolgt, in der ihn nichts an Berlin mehr band, und als er durch Zufall, durch einen Zeitungsbericht, auf eine in London erst seit kurzem eröffnete Kunstausstellung stieß, habe er Urlaub genommen und sich auf Reisen begeben.

Schon bei seiner Ankunft in England habe er sich leichter gefühlt, sagte Pahle und lachte zum ersten Mal, als er die Swinging Sixties erwähnte. Jeden Vormittag habe er Skizzen in Galerien gefertigt und dann die Stadt bis spät in die Nacht auf langen Wanderungen erkundet, er habe Theateraufführungen und Konzerte besucht und Bier getrunken bis zur Sperrstunde in mit Teppich ausgelegten Pubs. Er könne nicht bestreiten, dass er sich, lächerlicherweise selbstverständlich, jung gefühlt habe. Manchmal habe er stundenlang nicht einschlafen können, so sehr habe er sich auf das Frühstück gefreut.

Eine Ausstellung in der National Gallery über das Bauhandwerk im Impressionismus hatte es ihm besonders angetan. Er erinnere sich, wie er mehrere Tage eine Bilderreihe studierte, von der ihm besonders Monets bedrohlich violette Nebelansicht der Houses of Parliament und frühe Bauplanzeichnungen Kirchners und anderer Brücke-Maler noch im Gedächtnis seien. Doch bald habe ein einziges Bild seine ganze Aufmerksamkeit in Anspruch genommen, eine kleine, eher unauffällige Strandszene von Degas, die nicht zum Thema der Ausstellung zu passen schien. Er könne heute so wenig wie damals mit Sicherheit sagen, was ihn sofort an dem Bild berührte, so sehr, dass er habe stehen bleiben müssen, um dann reglos für Stunden davorzusitzen.

Das auf Papierbögen in Öl gemalte Bild, sagte Pahle,

habe ein Mädchen an einem trüben Sommertag im Schutz eines Schirms am Strand liegend gezeigt; offenbar sei es eben aus dem Wasser gekommen, gleich daneben sitze ihre Amme und kämme ihr das nasse Haar. Um sie verstreut lägen im Sand ein Korb mit heraushängendem Handtuch, ein weiterer, nicht aufgespannter Schirm und ein zum Trocknen ausgebreitetes Badekostüm. Im oberen Bildteil stemmten sich in einiger Entfernung mehrere Segelschiffe schräg gegen den Wind, nahe dem Ufer seien im Wasser spielende und schwimmende Figuren angedeutet, dazu ein förmlich gekleidetes Ehepaar mit Hüten und Hund, doch seltsamerweise, so Pahle, habe ihn von Anfang an allein eine unscheinbare Figurengruppe am linken oberen Bildrand interessiert, eine Mutter mit zwei Kindern und Bonne, die in weiße, vor der Meeresbrise schützende Tücher eingehüllt aus dem Bild drängten. Eines der Kinder, das er, Pahle, aufgrund seiner Körperhaltung immer für einen Jungen gehalten habe, bleibe zögernd ein paar Schritte zurück und blicke in Richtung des Mädchens und seiner mit Kämmen beschäftigten Bonne im Bildmittelpunkt, ganz so als hätte er dort etwas Wichtiges im Sand liegen lassen oder erwartete noch ein Zeichen zum Abschied. Er wisse, sagte Pahle, es höre sich merkwürdig an, aber er habe, wann immer er an den folgenden Tagen das Bild sah, ehrliche Sorge um diesen Jungen verspürt und jeden Tag aufs Neue gehofft, er möge über Nacht zu seiner davoneilenden Familie aufgeschlossen oder zumindest nicht noch weiter an Boden verloren haben.

Sein Interesse für das Bild habe an den folgenden Tagen nicht, wie man erwarten dürfte, nachgelassen, sondern, ganz im Gegenteil, sich bis zur Besessenheit gesteigert. Alle anderen Ausstellungen und Sehenswürdigkeiten seien ihm mit einem Mal bedeutungslos erschienen. Das zwanghafte

Bedürfnis, alles über Degas' Strandbild zu erfahren, führte schließlich dazu, dass er die gesamte ihm noch verbliebene Zeit seinen Nachforschungen widmete. Ausstellungskataloge und Bildbände, die er in einer nahe gelegenen Bibliothek einsah, durchsuchte er nach Entstehungsgeschichte und kunsthistorischem Kontext, Vorbilder und Zeitgenossen habe er zum Vergleich herangezogen und wissenschaftliche Analysen zur Komposition und Perspektive studiert. Noch abends in seiner Pension habe er in einer Biographie nachgelesen über Degas' Reise an den Ärmelkanal im Sommer 1869, auf der eine Reihe von stilbildenden Pastellskizzen entstand, über sein Wetteifern mit Manet und seinen triumphalen Erfolg auf der 3. Impressionistenausstellung '77 in Paris, wo das Strandbild unter dem Titel *Bains de Mer, fille peignée par sa bonne* erstmals öffentlich zu sehen war.

Es sei am Tag vor seiner geplanten Rückreise nach Berlin gewesen, sagte er, als ihm die Bibliotheksangestellte eine Studie mit mikroskopischen Infrarotuntersuchungen zur Papieroberfläche auf den Tisch legte. Er wolle meine Geduld nicht mit wissenschaftlichen Details strapazieren, versicherte Pahle, aber Tatsache sei, dass aus diesen Unterlagen zweifelsfrei hervorging, dass in einer ersten, später von Degas übermalten Version des Bildes ein weiteres, also ein drittes Kind neben der linken, nach Hause eilenden Figurengruppe abgebildet war und dass damit auch der zögerlich-suchende Blick des zurückbleibenden Jungen zu erklären sei, der in jener verworfenen Fassung seinem Bruder gegolten habe.

Es sei ihm unmöglich zu sagen, wie lang er auf die schwarzweißen Infrarotfotografien gestarrt habe, auf denen die Umrisse der ursprünglich eingezeichneten Figur ganz deutlich zu sehen gewesen seien, und natürlich könne er mir meine Irritation nicht verübeln, schließlich wisse auch er bis heute nicht, was ihn an diesem eigentlich bedeutungslosen Entstehungsdetail so tieftraurig gemacht habe.

Ohne seine Arbeitsmaterialien an sich zu nehmen, habe er den Lesesaal verlassen und sei so schnell wie möglich zur Nationalgalerie gerannt. Dort habe er sich ganz dicht vor das Original gesetzt, und nun sei es ihm plötzlich unerklärlich gewesen, wie er das Offenkundige hatte übersehen können. Die leere, ockerfarben übermalte Fläche zwischen dem zurückbleibenden Jungen und dem Schirm des ausruhenden Mädchens habe sich deutlich im Ton abgesetzt, und auch die Struktur des Sandes sei ungleich rauer und dunkler gewesen. Dass hier eine zunächst vorgesehene Figur nachträglich mit grobem Pinselstrich vom Strand verbannt worden war, habe sich dem Betrachter geradezu mit Gewalt aufgezwungen.

Dann sei er ins Dunkle gestürzt. Ob er für Sekunden ohnmächtig gewesen sei, wisse er nicht, doch erinnere er sich der besorgten Gesichter und Fragen nach seinem Befinden, daran, wie er flüchtete, schweißnass und zitternd. Genauer könne er den Zustand, in dem er dann durch die Innenstadt gestolpert sei, nicht erklären, ohne die Fassung zu verlieren, sagte Pahle, jedenfalls blieben rückblickend von diesen Stunden der Angst und Verzweiflung nur Bilder wie Blitzlichter auf- und abtauchender Fratzen und einer verendenden Stadt.

Herr Pahle hatte mit zunehmend aufwendiger Gestik und immer lauter gesprochen. Erst jetzt beruhigte er sich wieder und fand nach einem Augenblick des Schweigens und schweren Atmens zu einem gemäßigten Tonfall zurück.

Jahrzehnte später, sagte Pahle, sei er in dem Buch einer

italienischen Neurologin – nur ihr schöner Vorname Graziella sei ihm noch gegenwärtig – auf das Phänomen des Stendhal-Syndroms gestoßen, in dem er auf verblüffende Weise die Ereignisse von damals wiedererkannt und genau beschrieben gefunden habe. Wie unschwer zu erraten, gehe der Name auf den mir sicherlich bekannten französischen Dichter zurück, der im Januar des Jahres 1817 auf einer Kunstreise in die Toskana einen Nervenanfall erlitt. Ähnlich wie mehr als hundert andere Kunstliebhaber hätten ihn angesichts der Überfülle von Sinneseindrücken in den Florentinischen Uffizien Panik und Schwindel niedergestreckt, was seine unverzügliche Abreise bewirkte. Einerseits, sagte Pahle, finde er es heute wie damals faszinierend, dass das Stendhal-Syndrom, bei dem Liebe zur Kunst sich zu Angst wandelt, gewissermaßen den umgekehrten Weg des Stockholm-Syndroms beschreibe, doch vermutlich sei all das nur sehr theoretisch und Angst, Liebe oder Wut nichts anderes als willkürliche Begriffe für verschiedene Spielarten desselben Gefühls.

Ob es denn nicht sein könne, fragte ich, dass sein Zusammenbruch unmittelbar mit den traumatischen Erfahrungen im Gefangenenlager Luckenwalde zusammenhänge, dass die intensive Beschäftigung mit dem Bild von Degas seine damalige Situation als Porträtmaler und die offenbar nie verarbeitete Todesangst, sozusagen mit zwanzig Jahren Verspätung, wieder heraufbeschworen habe. Und auch der auf dem Strandbild ausgelöschte Junge lasse doch auf mögliche Zusammenhänge zu Pahles eigenem Leben schließen, immerhin habe auch er durch die Ereignisse im Krieg seine Eltern verloren, hinzu käme das ungewisse Schicksal des Jungen Werner ... Ihm werde ganz schlecht, unterbrach mich Pahle auffahrend, wenn er sich mein selbstgefälliges

Spekulieren noch weiter anhören müsse. Entscheidend sei doch nur, dass er nun hier sei und für immer hier bleibe. Und jetzt sei es Zeit, zum Ende zu kommen.

Nach seinem Anfall also sei er, das habe er nachträglich rekonstruiert, orientierungslos durch die Stadt geirrt, bis er schließlich auf den Stufen dieses Tempels zusammenbrach. Zwei Brüder des Freimaurerordens hätten an seinem Bett gewacht, als er im Krankenhaus das Bewusstsein erlangte, und ihm versichert, dass er sich um Kosten nicht sorgen müsse, und schon am nächsten Tag habe er seine Sachen aus der Pension geholt und in einem Seitenraum dieses Gebäudes Quartier bezogen.

Die betreffenden Ereignisse lägen nun schon fast vierzig Jahre zurück, sagte Pahle, aber in all der Zeit sei es nie zu einer offiziellen Vereinbarung zwischen ihm und der Bruderschaft gekommen. Es habe sich schlicht so ergeben, dass er, mehr aus Dankbarkeit und weil er sich langweilte, in den Tagen seiner fortschreitenden Genesung kleinere Reparaturen am Gebäude erledigte. Seitdem sei er hier wohl so etwas wie ein Hausmeister, der geduldet und durchgefüttert werde. Es fehle ihm an nichts. Für seine Arbeit bezahle man einen eher symbolischen Lohn, er entstaube Porzellan und Bücherbestände, restauriere auch Bilder. Der Kontakt zu den Brüdern beschränke sich fast ausschließlich auf die jährlichen Weihe- und Gedenkzeremonien, für die er mit Vorbereitungsaufgaben betraut sei. Von den wöchentlichen Versammlungsritualen sei er natürlich ausgeschlossen, und bis heute wisse er kaum mehr über das Geheimnis der Freimaurer als zu Anfang. Erst vor zehn oder fünfzehn Jahren habe er wieder begonnen, Zeitung zu lesen, und heute sei dies, trotz der schlechten Beleuchtung und seiner stetig nachlassenden Sehkraft, Hauptbestandteil seines Tagwerks.

Er wisse natürlich, was ich ihn fragen wolle, und die Antwort laute: nein, er habe nie ernsthaft erwogen, sich aus der Obhut der Freimaurer zu entfernen und in sein altes Leben zurückzukehren, was immer das heißen möge. Von Anfang an habe er neben der Dankbarkeit wegen der Fürsorge, die ihm zuteil wurde, vor allem eine unbestimmbare, ihn lähmende Furcht gegenüber dem Tempel empfunden, und die schweigsamen, stets schwarz gekleideten Glaubensbrüder hätten ihm von jeher die Gewissheit vermittelt, dass bei dem geringsten Versuch einer Flucht etwas Schreckliches geschähe. Doch sollte ich keinen falschen Eindruck gewinnen, oft genug durchwandere er abends und nachts, wenn er als Letzter noch übrig sei, für Stunden die Räume und wundere sich selbst über seine Seelenruhe, seine Zufriedenheit, auch wenn er darin gerade jetzt nicht mehr als das sichere Anzeichen eines fortgeschrittenen Stockholm-Syndroms erkenne. Nur manchmal, sagte Herr Pahle und erhob sich, wenn er junge Leute auf der Straße beobachte oder über Deutschland in der Zeitung lese, von der Öffnung der Mauer, einer Weltmeisterschaft, gewonnen oder nicht, bemächtige sich seiner eine so große Lebensgier, dass er nicht anders könne als vor Zorn laut zu schreien und sicher zu spüren, er verliere sich selbst. Mehrfach habe er in solchen Augenblicken versucht, den Tempel mit Bildern und Büchern niederzubrennen. Aber nun solle ich besser aufstehen, ihm zum Ausgang folgen, bevor ihn die gewaltige Wut, die er kaum noch beherrsche, ganz überschwemme. Denn schon seit Minuten und in allen Einzelheiten stelle er sich vor, mir das Gesicht zu zertrümmern, ich solle an seinen Kräften lieber nicht zweifeln, sondern bei meinem Leben versprechen, niemals, niemals wiederzukehren.

Schwer zu sagen, ob sie mir überhaupt aufgefallen wäre, hätte sie nicht über *Lulu* geschrieben. Hätte ich nicht auf einem meiner Gänge entlang der endlosen Bücherreihen auf der Suche nach alten germanistischen Fachzeitschriften einen Blick auf ihren Laptop geworfen und meine schon weiter wandernden Augen doch noch einmal auf ihren Arbeitsplatz gerichtet, um mich zu vergewissern, dass sie mich nicht getäuscht hatten.

In der lichtarmen sprachwissenschaftlichen Bibliothek, zwischen vergilbten Seiten von Erstausgaben und Handschriften, hatte ich mir angewöhnt, meine Kommilitonen nicht mehr über ihr persönliches Erscheinungsbild zu identifizieren, sondern allein anhand der Bücher und Zeitschriften, die sie auf ihren Tischen stapelten. In diesem überhitzten Sommer war mir bald jemand in Fensternähe ein Vertrauter, der über Goethes Italienreise promovierte, morgens stets als Erster kam und abends als Letzter ging. Zu keinem Zeitpunkt dieser Woche, in der wir täglich viele Stunden keine drei Meter voneinander entfernt saßen – Stunden, in denen nur das leise Rascheln beim Umblättern von Seiten und das gleichmäßige, im Klang sich fein voneinander unterscheidende Klacken der Tastaturen zu hören waren –, wäre ich in der Lage gewesen, die Gesichtszüge meines Tischnachbarn zu beschreiben, hätte kaum etwas aussagen können über Haarfarbe und Kleidung, Gesicht oder Haltung. Stattdessen wäre es mir wohl gelungen, lückenlos die Wahl seiner bevorzugten Sekundärliteratur aufzuzählen, hätte ich mich erinnert, dass er Aufsätze aus schweren Euphorion-Jahresbänden kopierte, Borchmeyers Darstellung der Weimarer Klassik als Leitfaden las und den historisch-kritischen Kommentar der Frankfurter Goetheausgabe benutzte. Ähnlich geläufig war mir der Anblick der mittelhochdeutschen Artus-Romane, die der Student vor mir wochenlang zur Vorbereitung für die Zwischenprüfung las, und der Turm sauber geordneter Bernhard-Dramen, den eine ältere Dame jeden Nachmittag pünktlich um 17 Uhr wieder in die Regale einsortierte.

So verwundert es möglicherweise weniger, dass es zunächst nicht Lulus Augen, Gesicht und Körper waren, die mich aufmerken ließen, sondern allein die Tatsache, dass sie über *Lulu* schrieb, genauer (aber das erfuhr ich erst später): über *Das Frauenbild in Wedekinds Tragödie »Lulu« und Manets Gemälde »Der Balkon«. Ein literarisch-kunsthistorischer Vergleich*. Zu mehr war jener erste Blick noch nicht fähig, nur der Titel, *Lulu*, prägte sich im Vorübergehen auf meine Netzhaut, stellte sich zwischen mich und meinen Bildschirm und lockte mich schließlich immer öfter an das Regal, durch das ich Lulu beobachten konnte. Nicht ihre Bücher interessierten mich jetzt, ihre kunsthistorischen Bände, sondern ihr rötliches Haar, flüchtig hochgesteckt, ihr blasses ebenmäßiges Gesicht, ihre geschminkten Lippen. Den ganzen Titel ihrer Seminararbeit, die Bestätigung, dass sie Kunstgeschichte studierte, sowie ihren wirklichen Namen, den ich nie akzeptierte, las ich erst nach einigen Tagen, als ich sie sicher beim Mittagessen wusste und ich, mich so natürlich wie möglich gebend, ihren Sitzplatz einnahm, um die Dateien ihres Computers zu lesen, auf der Suche nach irgendetwas, das mich ihr näherbringen konnte.

Zunächst wechselte ich meinen Arbeitsplatz. Ich stapelte meinen Bücherturm von nun an jenseits der Regale für Dramentheorie zwei Sitzreihen schräg hinter Lulu. So konnte ich sie beobachten – und musste feststellen, dass sich mein Arbeitstempo zum Ende der Woche hin um mehr als die Hälfte verlangsamt hatte.

Morgens kam sie spät. Auf den wenigen Metern vom Eingang der Bibliothek zu ihrem Sitzplatz hielt sie ihren Blick geradeaus, scheinbar ohne Neugier auf bekannte Gesichter. Dann durchschritt Lulu die schmalen Wege zwischen den Regalen – tatsächlich war ihr Gang ein andächtiges, jede Körperbewegung darbietendes Schreiten – und zeigte keine Hast beim Einsammeln der Bücher, die sie mitunter einzeln zu ihrem Platz trug, ablegte, um sich nach kurzer Pause erneut auf den Weg zu machen. Beim Anschließen des Computers musste sie sich über ihr Pult beugen, und bald waren mir diese wenigen Sekunden, in denen ihr Oberkörper knapp über dem Tisch schwebte und jedes Stück Stoff an ihr gespannt war, die liebsten des Tages, Belohnung und Ansporn zugleich.

Natürlich sprach ich sie nicht an. Stattdessen faltete ich die Stirn und tat vertieft, wenn sie von ihrem Platz aufstand und an mir vorbei an die Regale für Kunstgeschichte trat. Meine Strategie war subtil: Wenn sie über Manet, aber vor allem *Lulu* arbeitete, diesem Skandalstück der Moderne, dann wollte ich angemessen antworten, und da ich davon ausging, dass sie, wie ich, die Menschen hier nur über ihre Bücher wahrnahm, diese wie Visitenkarten im Vorbeigehen betrachtete, fischte ich den *Decamerone* aus dem Regal und drapierte ihn gut sichtbar auf meinem Platz. Am nächsten Tag legte ich eine zweisprachige Ausgabe des *Don Juan* hinzu, daneben eine theologische Aufsatzsammlung zur Exegese vom *Hohelied Salomos*.

Meine eigentliche Arbeit ließ ich jetzt ruhen, die Titel wären zu unpassend gewesen, und so hatte ich plötzlich Zeit – viel Zeit. Ich konnte nicht erkennen, ob mein Plan funktionierte, denn nun spielte ich Theater, schüttelte sachte, scheinbar gedankenversunken den Kopf, wenn Lulu in meine Richtung sah, als zöge ich skeptisch in Zweifel, was ich da las, oder ich füllte die Seiten meines Schreibblocks übereifrig mit Kreisen und Strichmännchen, als strömten mir die wissenschaftlichen Erkenntnisse nur so aufs Blatt.

Am vierten Tag, als ich mir schon sicher war, dass Lulu doch auffällig regelmäßig Richtung Toilette an mir vorbeiging, als ich ihren bewundernden Blick schon spürte, auf meinen Unterlagen, meinen unermüdlichen Händen, eigentlich wenige Sekunden bevor ich aufblicken und sie alles wissend anstrahlen wollte, schlenderte *er*, der Sandalenträger, wie aus dem Nichts hinter der niederländischen Lyrik hervor, überraschte Lulu an ihrem Platz, legte seine Hände von hinten auf ihre Schultern und küsste sie auf den Hals.

Ich setzte mich auf ihren Platz. Startete Outlook. Öffnete einen Ordner, dann den nächsten, fand schließlich jenen mit dem Titel *E-Mails an Eva*.

Sie war mit dem Sandalenträger abgezogen, vermutlich gingen sie zusammen Mittag essen. Mir blieb vielleicht eine halbe Stunde. Eben hatte ich sie zum ersten Mal lachen gesehen, in ihrer Überraschung hatte sie ihn zu sich herangezogen, seinen Nacken gestreichelt, während sie miteinander flüsterten. Als sie an mir vorbeigingen, hatte ich für einen Moment meine Rolle verloren, kritzelte nicht hektisch in meinen Aufzeichnungen, sah nicht vergeistigt auf meinen Bildschirm, sondern starrte sie ungeschützt an – und traf ihren Blick. Ausgerechnet jetzt, an der Seite ihres

Sandalenrömers, musterte sie mich, lächelnd, bewusst, triumphierend.

Erst während der Text sich vor meinen Augen aufbaute und ich noch einmal den Dateinamen las, *E-Mails an Eva*, begriff ich die Tragweite meines Tuns und zögerte keine Sekunde, ich las den

4. Mai: es ist genau, wie du geschrieben hast: er hat mich noch nicht wieder angerufen, obwohl er es versprochen hat. ärgere mich über mich selbst, wie sehr ich darauf warte, wie wenig ich mich auf irgendetwas anderes konzentrieren kann. die Rollenverteilung ist nicht gut, schon klar, am Anfang hatte ich alles unter Kontrolle, da war er der Angeschmierte, der Verzweifelt-Verknallte, und ich konnte kommen und gehen, wann ich wollte, konnte sagen, ich muss los, Nico wartet zu Hause auf mich, und dann sein Betteln, doch noch fünf Minuten zu warten, nur noch ein bisschen zusammenzuliegen, nur noch eine CD zusammen zu hören, im Zweifelsfall natürlich die Billy Holiday, bei der er mich an Silvester rumgekriegt hat. und jetzt: ich stehe nachts um vier auf und starre auf mein Handy, kann nicht glauben, dass er keine SMS geschrieben hat. sitze in der Küche und lese seine alten Nachrichten. riskant natürlich, was, wenn Nico mal zufällig mit meinem Handy telefoniert oder spielt, mal wie selbstverständlich meine Nachrichten liest? der legt doch immer solchen Wert darauf, dass wir keine Geheimnisse haben. meine Lieblings-SMS von Chris: dauerdenke an Dich. und nebenan schnarcht Nico. hat mir früher nie was ausgemacht, jetzt treibt es mich fast in den Wahnsinn, möchte ihn am liebsten bloß noch treten unter der Decke, oder anschnauzen. diese ganzen kleinen Angewohnheiten, die sich so einschleichen, wenn man sechs Jahre zusammen ist und nicht mehr darauf achtet, sich nicht mehr für den anderen anstrengt. die Kleinigkeiten, die ich früher so süß an ihm fand und mich jetzt aggressiv machen, sein Schniefen am Morgen, sein Zehenwackeln beim Zeitunglesen … gestern hat es mittags an der Tür geklingelt, Nico war arbeiten, und ich war mir sicher, dass Chris dastehen und mir sagen würde, ich musste dich einfach sehen, bin in der Mittagspause schnell abgehauen und hergeradelt, darf ich reinkommen und dich ausziehen … und dann stand Nico grinsend in der Tür und meinte, komm, ich hab mir den Nachmittag freigenommen, wir fahren zum See, die anderen warten schon unten im Wagen, und er war so stolz auf seine Überraschung und gespannt auf meine Reaktion, und ich hätte ihm am liebsten ins Gesicht geschlagen. manchmal kann ich mich einfach nicht erinnern, warum ich mich in ihn verliebt habe.

Ich führte den Cursor hastig nach unten zum nächsten Datum. Sie schrieb dieser Eva regelmäßig, ungefähr einmal pro Woche, soweit ich das in der Eile an den Daten der Nachrichten ablesen konnte. Ein nervöser Blick über die Schulter und das Gefühl im Unterleib – wie in der Schule, wenn der Lehrer reinkam und sagte, so, jetzt tut mal alles weg, wir schreiben einen Test. Wie lange waren sie schon weg? Nur noch eine, noch eine Mail.

10. Mai: gestern früh hat Chris gesagt, dass er immer Angst hat, wenn ich weg bin, sich nicht mehr an alles genau erinnern zu können. wie ich im Schlaf aussehe, wie ich rieche, wie ich mich bewege. und sich dann denkt, scheiße, warum hast du sie dir nicht genauer angeschaut, warum kannst du nicht alles an ihr speichern und abrufen, wenn du in der Arbeit vor dem Monitor sitzt und einsam bist, nichts anderes willst als ihr nasses Gesicht in der Dusche zu sehen, wenn sie sich die Haare wäscht und dabei die Augen zukneift wie ein Kind, das Verstecken spielt und denkt, wenn es die anderen nicht sieht, können die es auch nicht entdecken. hätte nie geglaubt, dass mich so was mal beeindrucken könnte, so ein Kitsch, und jetzt kann ich nicht genug davon kriegen. dann ist er weg, und gerade als ich aufstehen wollte, kam er noch einmal durch die Tür gestürmt und meinte, es geht schon los, schon kann ich mich nicht mehr an jedes Detail erinnern ... Nico denkt, ich war bei Sylvia über Nacht. sie findet natürlich alles super, v. a. dass sie mitmischt in der ganzen Sache, weil sie immer als Alibi herhalten muss. dafür will sie aber auch ständig alles wissen, was wir im Bett machen etc., und wenn ich mit meinem schlechten Gewissen komme, dann sagt sie: Quatsch, du musst Chris' und deine sexuelle Energie auf deine Beziehung mit Nico umleiten, ihn mit profitieren lassen. nur so rettest du die Beziehung. wenn ich ihr dann sage, dass das ja eben das Schlimmste ist, dass ich gar nicht weiß, ob ich das überhaupt will – dass das mit Nico und mir wieder ins Reine kommt –, dann grinst sie bloß, weil sie das alles so aufregend findet. neulich hab ich das ja mal probiert, hab was Schönes für Nico und mich gekocht und ordentlich Wein eingeschenkt, bis wir übereinander hergefallen sind nach ich weiß nicht wie langer Zeit mal wieder. der arme Nico wusste gar nicht, wie ihm geschah und was mit mir los ist, hat aber ganz begeistert und tapfer alles mitgemacht, und danach war er wirklich witzig, fast wie früher, meinte: na, den Wein merken wir uns aber und kaufen ein paar Kisten auf Vorrat. da hätte ich fast geheult, weil er mir plötzlich so leidgetan hat. weil er so stolz war und keine Ahnung hatte, woher das kam bei mir.

Sie kam allein zurück, und ich kann nicht sagen, ob sie mich ansah, denn ich musste mein Gesicht hinter den Händen verbergen, nahm die Pose des tief in Gedanken Versunkenen ein, um mein Grinsen zu tarnen, das ich vor Spannung einfach nicht mehr aus dem Gesicht bekam. Vor weniger als zwei Minuten hatte ich ihren Rechner heruntergefahren.

Ich begann, mich in den folgenden Tagen heimlich in ihr Thema einzuarbeiten, kopierte, wenn Lulu schon nach Hause gegangen war, Aufsätze aus ihren Büchern und legte sie tagsüber aus Vorsicht in meine, so dass sie keinen Verdacht schöpfen konnte. Ich las, dass Manets Bild *Der Balkon* ein Vorbild gehabt hatte, ein Gemälde von Goya, auch eine Figurenkonstellation auf einem Balkon, mit ebenfalls starken Kontrasten von Licht und Schatten, Vorder- und Hintergrund. Doch Manets Interesse galt der Wirkung des Halbdunkels im Zimmer dahinter, das die Formen verflacht, der Dame im Hintergrund die deutlichen Konturen nimmt. Räumliche Tiefe erzeugt allein das grelle Grün des Geländers, das jegliche Farbharmonie verspottet. Wer Manets Absicht nicht verstand, musste ihn für einen Stümper halten.

Das gefiel mir, und ich versuchte, bei der Betrachtung des Gemäldes dem Künstler zu folgen, versuchte, jedes Detail der Szene für sich zu sehen: Zwei junge Frauen auf einem Balkon, die eine sitzend und gedankenverloren, die andere neben ihr stehend. Sie tragen beide weiße Kleider, die eine hält einen Fächer, die andere einen Schirm in der Hand, die eine hat Schmuck um den Hals, die andere einen Blumenkranz im Haar. Knapp hinter ihnen, sehr aufrecht und groß, steht ein Mann mit dunklem Anzug und blauer Krawatte, den Kragen aufgestellt, die Arme angewinkelt, eine brennende Zigarette zwischen den Fingern der linken Hand. Hinter ihnen im halbdunklen Zimmer schemenhaft eine ältere Frau mit hellen Rüschen am Hals, wohl sitzend, wartend, sich vor der Frühsommerhitze schützend. Die Einrichtung nur angedeutet, von der Decke herabhängende Töpfe, der vertraute Hund von hinten, blühende Topfpflanzen vor dem graugrünen Geländer.

Immer aufs Neue versuchte ich, deutlicher zu beobachten, meinen Blick zur Genauigkeit zu zwingen, tiefer einzudringen: Der Schnitt der Kleider mit ihren Falten, die Haltung der Hände – verschränkte Finger, nervös oder gelassen auf dem Geländer. Nachmittagsschatten von Gartenbäumen auf den geöffneten Balkonläden. Die Kopfhaltung der Mutter, die vom Zimmer aus besorgt ihre Tochter auf dem Balkon beobachtet. Die zur Faust geballte rechte Hand des Verehrers. Das Muster des gefleckten Hundefells.

Bald verschmolzen die Personen auf dem Bild auf merkwürdige Weise immer mehr mit jenen, von denen ich in Lulus Briefen las und die nun ein Gesicht bekamen, eine Gestalt. Ich überlegte: Ob die ältere Frau im Hintergrund, im Halbdunkel des Zimmers, wohl weiß, dass Lulu, ihre älteste Tochter, die sich auf das Balkongeländer stützt und vielleicht in der Ferne des großen Gartens spielende Kinder am Weiher beobachtet, gar nicht hört, was ihr Ehemann in spe, der wohl Nicolai heißt und knapp hinter ihr steht und raucht, zu sagen hat an diesem ersten heißen Junitag. Ob sie weiß, dass die junge Schöne gar nicht, wie es den

Anschein hat, jenen Kindern dort am Weiher folgt, sondern an einen Wintertag denkt, als ihr Vater beim Schlittschuhlaufen auf dem kleinen See den Halt unter den Kufen verlor. Allein die Freundin neben ihr, Sylvia, ahnt, was dabei noch ins Wanken geriet, als der Vater um Gleichgewicht rang, und sie genießt ihre Rolle als Mitwisserin, nickt nur gütig und legt den grünen Regenschirm, der zu den Läden des Balkons passt, von der einen Hand in die andere, während Nicolai ihr ein Kompliment wegen der Blüte in ihrem Haarkranz macht. Schließlich möchte er sich gut stellen mit der besten Freundin seiner Lulu.

Wenn Lulu mittags zum Essen ging, mit oder ohne Sandalenträger, oder im Hof des Instituts in der Sonne saß und per Handy telefonierte, dabei viel lachte, wahrscheinlich mit ihrer Freundin Sylvia sprach, die wieder an Details interessiert war, dann setzte ich mich schnell auf ihren Platz und las ihre Beichte, bald immer dreister, die Zeit immer knapper bemessend, in einem diffusen Gefühl von Sicherheit: Als *sollte* ich diese Dinge erfahren, als umgebe mich eine Art schützende Unsichtbarkeit.

In Wirklichkeit hieß sie Céline Kri. Der Name gefiel mir, ich vermutete einen französischen Vater, doch für mich blieb sie Lulu, vor allem wenn ich sie auf dem Gemälde betrachtete, mir ihre Geschichte ausdachte, die auf dem zugefrorenen Weiher eines herrschaftlichen Anwesens ihren Anfang nahm.

Sie ließ oft mehrere Tage zwischen den E-Mails verstreichen. Ich erfuhr nicht sonderlich viel über ihren Alltag oder ihre Familie, nie teilte sie einfach mit, was sie an diesem oder jenem Tag gemacht hatte, sie beschrieb hauptsächlich ihre Befindlichkeiten, den Streit mit ihrem Freund

Nico, oder trug den Tratsch weiter, den sie abends mit ihren zahlreichen Freundinnen austauschte. Eva und sie mussten sich gut und lange kennen, waren so vertraut, dass Lulu nie Namen oder Orte erklärte. Ihre Briefe waren Gedankenströme ohne Anrede, ohne Eingehen auf den Adressaten. Als führte sie Tagebuch. Rahmengebende Informationen las ich nur zwischen den Zeilen. Selten schrieb sie etwas über ihr Studium, und manchmal schimpfte sie auf ihre Mutter, die sich vernachlässigt fühlte. Aus irgendeinem Grund vermutete ich, dass Lulus Vater tot und die Mutter allein in ihrem Haus zurückgeblieben war. Die E-Mails waren seit Jahresbeginn gespeichert, und ich las sie im Laufe der Woche quer auf der Suche nach Details zur Silvesternacht. Noch mehr interessierten mich aber die letzten Einträge. Nicht, dass ich ernsthaft damit gerechnet hätte, mich selbst dort wiederzufinden, dennoch wollte ich erfahren, woran und an wen sie dachte während dieser Tage, an denen sie unter meiner Beobachtung stand. Ich hatte das Gefühl, damit das Ausmaß meiner Indiskretion noch zu steigern. Doch ich zwang mich zu Disziplin, gab meiner Neugier nicht nach und las chronologisch.

5. Januar: er hat mich aus New York angerufen, hat mir auf die Mailbox gesprochen, dass er sich kaum auf seine Arbeit konzentrieren kann. »und das ist allein deine Schuld«, hat er gesagt und dabei selbst lachen müssen. Cornelius hat Sylvia erzählt, dass Chris dort einen richtig guten Job in einer Kunstgalerie hat. die wollen jetzt eine Fotoausstellung zum 11. 9. machen, mit allen möglichen Aufnahmen von irgendwelchen Leuten, die in den Tagen danach fotografiert haben. jeder kann seine Fotos einschicken, und mindestens eins muss von jeder Sendung genommen werden. Chris ist einer von denen, die sie auswählen. weiß nicht so recht, was ich davon halten soll, dass er mir nichts davon erzählt hat; dass er bloß meinte, er muss gleich nach Neujahr zurück zum Arbeiten, aber eigentlich ja ganz süß, dass er nicht dick angegeben hat, vielleicht wollte er mich nicht einschüchtern, die kleine Kunststudentin. dann hat er noch draufgesprochen, dass er mir gerne schreiben würde, aber nicht weiß, wohin, er könne ja nicht einfach an Nicos und meine Wohnung adressieren. ich soll mir ein Postfach einrichten lassen! und dass er mich vorgestern noch unbedingt sehen wollte, aber wusste, dass Cornelius zum Spaghettiessen auch Nico eingeladen hatte und uns so eine Scheißsituation nicht antun wollte. auch aus Respekt vor Nico, wobei mir das fast ein bisschen aufgesetzt vorkommt, etwas zu edelmütig. als ob ihn das an Silvester gestört hätte, dass da Nico keine zehn Meter von uns entfernt besoffen im Schlafsack lag, während er mir den Wodka eingeflößt hat. dann hat ihn die Mailbox abgeschnitten, und er hat nicht noch mal angerufen, kein »Ich liebe dich« oder »Ich vermisse dich«, das kam ihm sicher ganz recht, dem Arsch.

Diesen Chris musste sie auf der Silvesterfeier des Freundes Cornelius kennengelernt haben. Offenbar hatten sie im Freien gefeiert, an einem zugefrorenen See, auf dem sie am Nachmittag noch Eishockey gespielt hatten. Soviel ich herauslas, fanden sie schnell in der Kunst ein gutes und unerschöpfliches Gesprächsthema, denn auch er hatte etwas in dieser Richtung studiert und arbeitete nun in einem Museum in New York. Lange nach dem Feuerwerk erst hatten Chris und Lulu sich geküsst, mehr war nicht gelaufen, mehr lief erst, als er im März nach Deutschland kam, um sich um seine kleine Schwester zu kümmern, die nicht zum Abi zugelassen worden war. Sylvia hatte sich wohl nicht lange bitten lassen, ihnen ihre Wohnung zur Verfügung gestellt und sich damit ein Vorrecht auf alle Details gesichert: Alles, alles würde Lulu ihr erzählen müssen. Gerne hätte ich gewusst, ob Sylvia – die ich inzwischen fast als Verbündete betrachtete – mehr aus Lulu herausbekommen hatte als ich aus den wenigen Zeilen, die sie Eva über die Stunden in Sylvias Wohnung anvertraut hatte.

20. März: ich hab Chris per SMS Sylvias Adresse geschickt, und wir trafen uns direkt vor ihrer Wohnung. Sylvias Zimmer hat einen genialen Blick über die Stadt. direkt unter uns der Markt. nackt am Fenster haben wir einzelne Leute bei ihrem Einkaufsgang beobachtet und überlegt, wohin sie gingen, für wen sie einkauften, was sie beruflich machten und was sie abends im Fernsehen sahen. Chris fand die Wohnung scheußlich eingerichtet – das hätte ich Sylvia vorhin erzählen sollen! sie hat unglaublich genervt. seltsam, dass ich kaum weiß, was er den Rest seiner Zeit gemacht hat, wie es seiner Schwester geht usw. manchmal waren wir laut. und alles in allem bin ich überrascht, wie locker ich abends mit Nico in der Küche sitze und Paprika für den Salat schneide, wie wenig mir mein Gewissen zu schaffen macht. nicht, dass ich abgebrüht wäre, wie Sylvia meint, aber ich krieg das beides nicht recht zusammen – das ist so verschieden. Diese zwei Wohnungen, wie zwei Welten. wir haben viel über Kunst gesprochen (was mit Nico ja fast nicht möglich ist), er betreut jetzt eine Jackson-Pollock-Ausstellung in Venedig, und er wollte meinen Seminarordner sehen: aber mit Manet kann er nicht viel anfangen.

Zwei halbe Nächte und zwei Nachmittage waren alles, was sie ihrem Freund Nico abringen konnte, ohne Argwohn zu erregen. Dann flog Chris zurück nach New York, und wieder war Schreiben angesagt. E-Mail war zu riskant, da Nico ihr Passwort kannte (schließlich hatte er den Anschluss selbst eingerichtet), aber inzwischen hatte Lulu den Rat ihres Liebhabers befolgt und sich ein Postfach geben lassen.

Ich vernachlässigte meine Rolle als schöngeistiges Arbeitstier und verlor mich immer ausdauernder in die Betrachtung von Manets Gemälde. Ich starrte auf die vier Figuren, auf Lulu, die in die Ferne blickt – in Gedanken wieder im vergangenen Winter an der Seite ihres Vaters, der sie auf das Eis des Weihers führt. Vielleicht erinnert sie sich noch an ihr Gespräch beim Schnüren der Schlittschuhe. Endlich war es kalt genug geworden, endlich die Eisdecke ausreichend stabil. Bestimmt hatte Lulu noch einmal von ihrem Vater die Geschichte hören wollen, wie er und seine Brüder als Jungen Lulus Großvater überrascht hatten: Mehrere Nächte hindurch hatten sie mit Hilfe der Nachbarjungen eine riesige Grube ausgehoben und dann auf Regen gehofft; im Sommer darauf kamen die ersten Frösche. Lulus Großvater baute eine kleine Holzbrücke. Da stand dann oft die Großmutter und rief ihm und den Söhnen etwas zu, wenn sie im Winter auf dem Eis herumtollten. Der Weiher wurde mit den Jahren zum Treffpunkt für die Nachbarn, zum Spielplatz der Kinder, und jeden Winter drehten Lulu und ihr Vater die ersten Runden gemeinsam auf dem noch frischen Eis. Ihr Vater war nie gestürzt, seine Bewegungen folgten fein gesteuerten Befehlen an einen Körper, der die wenigen Spuren des Alters wie selbstverständlich trug. Sein

Gleiten entlang der geschichteten Steinmauer mit ausholendem, ruhigem Schritt, die Arme stets auf dem Rücken verschränkt; der schweifende Blick bis zum Horizont sein Gut umfassend, sein Kopfnicken zur Frau, die eben noch am geöffneten Fenster ihr »Wir kommen gleich nach, fahrt schon mal die Kufen warm!« gerufen hat, das Knirschen des Schnees unter den gewachsten Stiefeln, sein Atem, den er hier draußen befreit in die Winterluft stößt, sein ständiges »Ach Lu!« und die kreisende Armbewegung, die zum Schauen über den Hof und die Felder jenseits der eingeschneiten Stallungen auffordert. Lulu erinnert sich, dass sie ihren Vater nie offener und zufriedener sah als auf diesen ersten winterlichen Gängen zum gefrorenen Weiher, bei den ersten Runden auf dem Eis, das noch Pulverschnee bedeckte. Zuerst wurde wortlos gefahren, dann rangierten die Füße des Vaters, begannen zu tanzen, malten Schlangen ins Eis, schon fuhr er rückwärts und lachte ihr zu, die ihm folgte. Sein sicherer, koordinierter Lauf, sein Lachen gaben Lulu ein Gefühl von Vertrautheit, von Sicherheit, das ihr sagte, dass das fast vergangene Jahr kein so schlechtes gewesen sein konnte, wenn seine letzten Tage auf diese Weise gefeiert wurden – das nächste sollte nur ruhig kommen. Dann, im vergangenen Winter, war er gestürzt. Daran denkt Lulu jetzt, als Nicolai, der hinter ihr auf dem Balkon steht und raucht, die rechte Hand wie so oft bei engagierter Rede zur Faust ballt. Seine Worte, die ihrer Freundin Sylvia schmeicheln, sind für sie in diesem Augenblick nur undeutliche Laute – wie damals das Bellen des Wachhundes herüber vom Nachbarn, das sie hätte wahrnehmen können, als ihr Vater plötzlich vor ihr gestürzt war, in voller Fahrt. Eben noch hatte er sich zu ihr umgedreht, hatte gelacht, sicher schon ein atemloses »Ach Lu!« auf den Lippen und die Ankündigung, zurück zum Haus zu wollen, wo es nach gebratenem Speck und Kartoffeln duftete, und abends ein Mitternachtslaufen für Freunde und Nachbarn bei Fackellicht!

Sie waren zurückgegangen, er humpelnd, doch keine Stütze annehmend. Nach den Feiertagen hatte er sich immer öfter entschuldigt, war Silvester, als man sich draußen am Weiher traf und die Gläser erhob, im Bett geblieben und starb noch in der ersten Woche des neuen Jahres. Jetzt, da Lulu ihre Freundin Sylvia neben sich für ihre Geduld bewundert, mit der sie die Rede des Mannes zwischen ihnen nickend quittiert, sieht sie noch einmal ihren Vater vor sich auf dem Eis vergeblich nach Halt suchen. Sie meint sich zu erinnern, dass sie schon in diesem Augenblick, noch bevor ihr der Vater seine verletzte Hand entgegenstreckte, ahnte, dass er, der plötzlich so alt aussah, sterben würde, und auch, dass sie die Katastrophe, die den Hof im Frühjahr durch Brand verwüstete, vorausspürte. Hier nun die verwitwete Mutter aus dem Halbdunkel des Zimmers ihre Tochter Lulu beobachtend, die auf dem Balkon schon zu lange schweigt und jetzt nur eines sicher weiß: diesen Mann hier, Nicolai, der sich ihr zur Ehe anträgt, wird sie nicht heiraten können. Mit Widerwillen registriert sie jede seiner ihr noch vor kurzem so vertrauten, jetzt nur noch verhassten Gesten – wie den angewinkelten Arm mit der zur Faust geballten Hand, als könnte er allein die Zeit aufhalten.

4. April: die letzten Nächte habe ich wieder von ihm geträumt. Nico meinte, ich nuschle in letzter Zeit viel vor mich hin im Schlaf, na super, du kannst dir ja vorstellen, wie es mich da gerissen hat bei der Vorstellung, ich könnte im Schlaf was von Chris ausplaudern. aber ich weiß, ich weiß, das ist Quatsch, Fernsehhandlung, Kinderängste. einige von seinen Sätzen gehen mir einfach nicht aus dem Kopf. dass unsere Körper sich ineinanderfügen wie Teile eines Puzzles. dass es doch kein Zufall sein kann, wenn zwei Körper so ineinanderpassen, wenn man, egal wie man sich zusammen hinlegt, egal wie man sich nachts im Schlaf herumwälzt – dass man immer automatisch eine Kuhle beim anderen findet, verstehst du?

10. April: Sylvia lässt jetzt neuerdings die Moralische raushängen und sagt, ich muss mich entscheiden, ich könne Nico nicht länger so übel mitspielen. das sei ich ihm nach sechs Jahren Beziehung schuldig, und der Schmerz, wenn er es später herausbekommt, sei tausendmal größer, als wenn ich es ihm jetzt einfach selber sage. da hab ich ihr geantwortet, ich kann mich nicht entscheiden, ich will Nico nicht verlieren, ich kann mir kein Leben mehr ohne seine Nähe, ohne die Sicherheit und Geborgenheit, die er mir gibt, vorstellen, zumindest nicht hier, in dieser Stadt. das beginnt schon bei ganz praktischen Sachen: ich müsste ausziehen, wüsste nicht wohin, all unsere gemeinsamen Anschaffungen, Möbel usw., das alles wäre zu viel. außerdem würde ich ihn umbringen, wenn ich ihn verlasse. aber ich kann auch Chris nicht aufgeben, ich war im Leben noch nicht so verliebt, ja, ja, das denkt man immer, sagt dann Sylvia, und ich: vielleicht lasse ich es einfach mal so weiterlaufen und warte, bis es sich von selbst entscheidet. denn es ist ja nicht ausgeschlossen, dass sich die ganze Sache mit Chris in zwei Monaten von selbst auflöst, dass wir wie von selbst das Interesse aneinander verlieren. dann werde ich doch heilfroh sein, dass ich noch Nico hab und ihn nicht aus so einer Verliebtheit heraus verlassen habe. denn das würde ich wohl jetzt tun, wenn ich mich entscheiden müsste, zu groß ist die Sehnsucht nach Chris, der nachts meinen Fuß in seiner Hand festgehalten hat, bis wir eingeschlafen waren. schöne Füße sind unglaublich wichtig, sagt er, bzw. umgekehrt, ein verkorkster Fuß kann die schönste Frau ruinieren.

3. Mai: gestern hab ich ihn angerufen. Nico war nach dem Training noch mit seinen Jungs unterwegs, kam erst heute Morgen nach Hause, und Chris und ich haben die halbe Nacht telefoniert, haben uns alle halbe Stunde abwechselnd angerufen. als stünde er mit Sylvia im Bunde, hat er jetzt zum ersten Mal gesagt, dass ich Nico verlassen und zu ihm in die USA kommen soll. da war ich völlig baff, hab aber direkt geheult vor Freude. bisher hatte er immer gemeint, ich weiß ja, woran ich bin, ich weiß ja, dass du ihn nicht verlassen wirst. und jetzt das. vielleicht kommt er im Sommer noch einmal nach Europa, um in Venedig diese Pollock-Ausstellung zu eröffnen, er meinte, ich soll ihn dann dort besuchen. und diesmal fliege ich nicht ohne dich in die Staaten zurück, hat er gesagt. dabei will ja Nico mit mir im August zu seinen Eltern nach Südfrankreich. aber vielleicht sage ich ihm, dass er alleine fahren soll, weil ich noch Hausarbeiten zu schreiben habe. das wäre fantastisch, Chris bei mir, obwohl die Vorstellung schon befremdlich ist, Chris in Nicos und meiner Wohnung, in unserem Bett, an unserem Küchentisch.

Das Kribbeln wurde stärker. August. Hausarbeit. Da war ich doch schon ganz in der Nähe. Ich las nun bald seit einer Woche täglich in Lulus *E-Mails an Eva*, und wenn mich nicht alles täuschte, dann war der Sandalensultan, der Lulu manchmal mittags zum Essen abholte und sie zur Begrüßung stets von hinten auf den Nacken küsste, kein anderer als Chris, der New Yorker Kunstliebhaber. Nico vermutete ich nichtsahnend mit seinen Eltern in Montpellier oder an der Küste von Arcachon. Zwischen Mai und August schrieb Lulu seltener, vielleicht, weil das Semester wieder begonnen hatte und der Alltag mehr Konzentration erforderte. Einmal hätte Lulu ihrem Nico fast alles gestanden (als wir aus dem Park kamen, Cornelius hatte zum Grillen eingeladen, da lagen wir noch eine Weile betrunken vorm Fernseher, und es war einer dieser Abende, an denen ich dachte, was mache ich denn da eigentlich, ich bin drauf und dran, den einzigen Menschen zu verstoßen, der mich jemals richtig verstanden hat, du weißt ja, was für Gedanken einem kommen können nach einer Flasche Rotwein im Frühsommer, was will ich denn eigentlich noch mehr, als hier mit ihm zu liegen, kann etwas denn noch perfekter sein? und plötzlich fragt Nico aus heiterem Himmel, unser Film war gerade von Werbung unterbrochen, sag mal, du betrügst mich doch nicht, oder? nur diesen einen Satz, und ich habe nur gebrummt, als wäre ich eben an seiner Schulter eingeschlafen und hätte ihn nicht gehört. aber in Gedanken hab ich ihm sofort gebeichtet, hab gesagt, ich weiß doch, dass das mit Chris alles nur Projektion ist und gar nicht so schlimm, weil es uns anzeigt, dass manches an unserer Beziehung nicht stimmt, zu sehr eingefahren ist nach sechs Jahren, und dass wir daran arbeiten müssen. dann hat er mich gekrault wie früher, und ich habe so getan, als erwachte ich, und habe verschlafen gefragt, hast du was gesagt, und er hat kurz aufgelacht und geantwortet, nein, nur dass ich dich liebe), und einmal wäre beinahe alles aufgeflogen, als Chris mitten in der Nacht zum vereinbarten Zeitpunkt auf Lulus Handy anrief und sich plötzlich Nico am anderen Ende meldete, weil er früher nach Hause gekommen war. Hier ist Chris, ich möchte bitte meine Frau sprechen, hatte Chris gesagt, ein Spiel daraus machend, und Nico: Sie müssen sich verwählt haben. Am nächsten Tag hatte Lulu Chris am Telefon angeschrien, hör auf, ihn zu demütigen, und er hatte wieder von ihr gefordert, Nico zu verlassen und zu ihm nach Amerika zu kommen.

Nur eine E-Mail hatte ich noch nicht gelesen, nur diese eine war im August geschrieben worden, an einem Tag der letzten Woche, als ich Lulu schon tagsüber beobachtet hatte. Ich sparte sie mir für den nächsten Tag auf. Ich überlegte, wie ich weitermachen würde, wenn dies vorbei wäre, wenn ich alles gelesen hätte oder Lulu ihre Hausarbeit beendet haben und nicht mehr kommen würde. Wahrscheinlich würde ich meine Arbeit wieder aufnehmen, aber sicher wusste ich es nicht. Noch einmal las ich nachmittags Wedekinds *Lulu*, und als ich fertig war, starrte ich wieder lange auf das Bild von Manet, überlegte, wie die Geschichte wohl weiterging, nachdem Lulus Vater den Winter nach seinem Sturz auf dem gefrorenen Weiher nicht überlebt hatte.

Wie es nun weitergeht, das mag sich auch Lulus Mutter fragen, die an diesem warmen Frühsommernachmittag aus dem Halbschatten des Zimmers die drei Menschen auf dem Balkon beobachtet. Wenn wir nur durchkommen! Das hatte ihr Mann Jahr für Jahr zu ihr gesagt, wenn sie in der von einem mächtigen Kachelofen geheizten Stube Pläne für den Frühling gemacht hatten. Wenn wir nur durchkommen, dann ist's schon gut in diesen Zeiten. So hatte er auch diesmal gesprochen, als er sich die gewachsten Stiefel anzog, um gleich mit der ältesten Tochter zum Weiher zu gehen, weil er wusste, wie gern sie ihn auf dem noch unberührten, dann schnell durchfurchten Eis laufen sah. Vielleicht hatte die Mutter eine Vorahnung gehabt, hatte ihren Mann deshalb am Morgen mit beunruhigter Stimme immer wieder befragt, bis er sie mit seinem »Wenn wir nur durchkommen, dann ist's schon gut« bedacht hatte. Wie die Ruhe, mit der er sich für den frostigen Tag ankleidete, sie entspannte. Gleich würde sie von Sorge befreit das Fenster öffnen und den beiden hinterherrufen: »Wir kommen gleich nach, fahrt schon mal die Kufen warm!« Diesmal war er nicht durchgekommen. Wie sollte es nun weitergehen. Sie betrachtet den schmalen Rücken ihrer Tochter auf dem Balkon und ahnt, dass Lulu keines der Worte ihres Verehrers hört, die dieser Sylvia, der neugierigen Freundin, vorträgt. Sie weiß, dass sie nicht länger auf Nicolais wohlhabende Familie hoffen kann, sie allein weiß von Lulus nächtlichen Ausflügen zum Weiher. Weiß es seit gestern, als Lulu nicht länger an sich halten konnte wegen der Schuld, die sie sich selbst gibt. Ja, schon seit dem letzten Winter treffen sie sich, und ja, es ist der Sohn vom Nachbarhof, der, als sie noch Kinder waren, oft mit zu kurzen Hosen am Rande des Weihers gestanden und gewartet hatte, während sie und die Brüder auf dem Eis tollten und die Kälte vergaßen. Und ja, etwas hatte nicht gestimmt an jenem Nachmittag, als der Vater vor ihr auf das Eis fiel, Lulu war, als habe ihre mangelnde Aufmerksamkeit den Vater aus dem Gleichgewicht geraten lassen. Sie hatte den Tanz seiner Füße nur mit den Augen, nicht mit dem Herzen verfolgt, war längst in Gedanken unter den Tannen gewesen, deren von Neuschnee bedeckte Äste ihnen Schutz und Raum boten, wo sein, »Heirate ihn nicht!«, allabendlich geflüstert an sie drang. Zum ersten Mal hatte sie sich mehr gewünscht als das befreite »Ach Lu!« des Vaters, der nur hier auf dem Eis die Schulden vergaß. Jetzt erst hatte sie der Mutter gestanden, ihr anvertraut, dass sie es gewesen sein musste, die mit ihren forteilenden Gedanken den Vater betrogen, aus sicherem Tritt gebracht und in voller Fahrt herabgestoßen, letztlich getötet hatte. Verraten nicht nur dieses eine Mal, nein, noch ein zweites Mal, als zu Silvester der Kranke die Fackelreflexe auf den erhobenen Gläsern am Weiher nur vom entfernten Fenster aus erahnen konnte, da hatte sie sich entschuldigt, sie wolle nach dem Vater sehen, ihm den Neujahrsgruß bringen. Doch wäre man ihren Fußspuren gefolgt, hätte man sie unter den Tannen gefunden, in den Armen des blässlichen Nachbarjungen, und ihr Ohr an seinen flüsternden Lippen.

Wenn wir nur durchkommen, denkt jetzt Lulus Mutter und sieht den Hund ins Zimmer springen, auf der Suche nach Kühle und erfrischendem Wasser.

8. August: es ist geschehen! ich habe recht behalten, alles hat sich von selbst entschieden. Chris ist endlich gekommen, ich hätte es auch keinen Tag länger ausgehalten nach Nicos Abreise nach Frankreich. wie im Traum bin ich ja die letzten Tage durch die Welt gelaufen, wie auf Wolken durch die Bibliothek. wie sollte ich mich auf die Kunst des 19. Jahrhunderts konzentrieren, wenn ich doch wusste, dass er da sein würde in vier, in drei, in zwei Tagen? er ahnte, wo er mich finden konnte, nein, hol mich nicht vom Flughafen ab, hatte er gesagt, ich will einfach irgendwann vor dir stehen und dich überraschen. dieser Romantiker, Kunstliebhaber eben. und dann kam doch alles ganz, ganz anders: ich glaube, ich wusste es schon in der Sekunde, als mich seine Hände von hinten an den Schultern anfassten, und ich bin wohl nicht einmal erschrocken, zumindest nicht über die unvermittelte Berührung oder seinen Kuss auf den Nacken zur Begrüßung. genauso hatte er mich an unserem Abend zu Silvester am Weiher geküsst. erschrocken bin ich höchstens über den Gedanken, der sich aufdrängte, noch bevor ich in seine Augen gesehen hatte, und der sich in den wenigen Sekunden, die es dauerte, bis ich mich zu ihm umgedreht und ihn angestrahlt hatte, aufgestanden und mit ihm nach draußen gegangen war, unablässig wiederholte: ich werde für diesen Mann, auf den ich so sehnsüchtig gewartet habe, Nico nicht verlassen. die Affäre wird den Sommer nicht überleben. Nico wird erholt aus Frankreich zurückkommen, Chris wird wieder in New York sein, und dann ist es vorbei. keine Briefe mehr und keine geheimen Anrufe. uns wird einfach ein aufregender Sommer in Erinnerung bleiben. seltsam, nicht wahr, dass ich all das in dem Moment wusste, als Chris mich in der Bibliothek von hinten auf den Hals küsste. und trotzdem hat er den weiten Weg machen müssen, ich musste ihn vor mir sehen, und die Entscheidung fiel ganz von allein. wie ich es gehofft hatte. wir gingen nach draußen, und es war eigenartig, denn auf dem Weg durch die Bücherreihen zum Ausgang musste ich lächeln vor Erleichterung, und ich dachte, seltsam ist das, wenn kein Mensch um einen herum weiß, dass sich eben, in diesen Sekunden, alles verändert und entschieden hat: weder Chris, der da vor mir läuft und sich vielleicht überlegt, an welchen ruhigen Ort wir jetzt mit dem Auto fahren können, noch die anderen Studenten hier, die über ihren Büchern brüten.

Vielleicht ging ich diesmal zu weit. Jeden Moment konnte sie wiederkommen, doch endlich wusste ich, was zu tun war, und ich konnte es nicht aufschieben. Ich kopierte die *E-Mails an Eva* auf meine mitgebrachte Diskette. Zu Hause wollte ich sie ausdrucken und mit der Post anonym an Nico schicken. Die Adresse fand ich auf dem Deckblatt von Lulus Hausarbeit, die fast fertig geschrieben war. Nur das Literaturverzeichnis fehlte noch. Doch ich nahm mir vor, damit bis zum Beginn des neuen Semesters zu warten, wenn ich sicher sein konnte, dass Nico zurück wäre. Dann löschte ich Lulus Hausarbeit von der Festplatte und von der Sicherheitsdiskette. Ich leerte den Papierkorb und löschte auch die automatischen Zwischenspeicher in den temporären Dateien. Nur den ersten Satz ihrer Einleitung ließ ich stehen: *In* Lulu *skizziert Wedekind den gesellschaftlichen Aufstieg und Fall des faszinierenden, ungehemmten Mädchens Lulu, das in dem – von einem Tierbändiger gesprochenen – Prolog »das wahre Tier, das wilde schöne Tier« genannt wird.*

Ich packte meine Sachen zusammen und verließ die Bibliothek. Draußen auf dem Gang, wo ich die Tasche aus meinem Schließfach holte, begegnete ich Lulu, die wohl gerade vom Mittagessen kam. Diesmal sah sie nicht zu Boden, sondern sagte »Hallo«, lächelte und verschwand in der Tür zur Bibliothek. Mein »Hallo« hörte sie nicht mehr. Morgen würde ich mir eine andere Bibliothek suchen. Wie man berichtete, war die Staatsbibliothek am Potsdamer Platz endlich fertig renoviert und versprach Einzelplätze mit Fensterblick.

DIE ACHTE WELT

Zum Ende meines Zivildienstes hin bereitete ich meine Bewerbung für die Dokumentarfilmklasse der Münchner Filmhochschule vor. Ich wollte meinen Unterlagen, obwohl nicht ausdrücklich gefordert, auch einen ersten eigenen Kurzfilm beifügen. Neben einer zunächst äußerst vagen Idee hatte ich schon seit einiger Zeit einen Titel im Kopf: Die Achte Welt.

Jedes Jahr zu Silvester versammelten sich meine Eltern, meine Schwester und ich zu einem kultischen Ritual in unserem Keller und projizierten alte Super-8-Filme, auf denen unser Vater das Familienleben seit der Geburt von uns Kindern festgehalten hatte. Wie groß war immer die Aufregung gewesen, wenn in kleinen gelben Versandpäckchen die frisch entwickelten Filmspulen in der Post lagen und unser Vater noch am selben Abend für Stunden im Hobbykeller verschwand. Wie ein Alchemist saß er über Schnittpresse und Fläschchen mit Filmklebstoff, bis wir bald darauf, im Halbkreis vor der Wand hockend, das Rattern des Projektors vernahmen und uns selbst durchs Bild laufen sahen, ohne Ton, in blassen Farben und kaum wahrnehmbarer Zeitlupe, unter den Niagarafällen in grünen Regenmänteln oder am Strand in Dänemark. Wir winkten unter dem Weihnachtsbaum, hielten selig Geschenke in die Kamera. Selten fühlten wir einander verbundener, als wenn das Filmband während der Projektion plötzlich erstarrte und augenblicklich durchschmorte, was eine unheimliche, kreisrund anschwellende Brandblase an die Wand warf, und sich unsere vier Köpfe ratlos über den uralten Projektor beugten, wenn wir, einer hilfloser als der andere, minutenlang mit dem Bandsalat kämpften. Die Welt der Familie in Super 8, das waren Geburtstage, Weihnachten, Ostern, Urlaub – für die Filmkamera bestand das Leben der Familie immer nur aus Höhepunkten, nie aus Alltag. Ich hatte schon vor längerer Zeit angefangen, auf Flohmärkten fremdes Super-8-Material zusammenzusammeln, auch Freunde hatten mir, meist heimlich, Zugang zu den sorgsam geordneten und gepflegten Archiven ihrer Väter verschafft. War der Großteil dessen, was ich mir in vielen nächtelangen Sitzungen im Keller vorführte, auch mitunter abgründig (Privatpornos von fernöstlichen Urlaubsreisen) oder erschlagend langweilig (Kaffeefahrten auf dem Starnberger See), so faszinierte mich doch die Vorstellung, dass es vor dem Siegeszug des Videoformats und der plötzlichen Möglichkeit, einfach alles, noch das Unwichtigste auf Kassetten zu bannen und damit bedeutungslos zu machen, offenbar eine Art von unausgesprochenem gesellschaftlichen Grundkonsens über den Wert Familie gegeben hatte und dass Millionen von Familienvätern diesen, ohne es selbst zu wissen, auf unzähligen acht Millimeter breiten Filmbildern festgemacht hatten. Denn so unterschiedlich die Familien auch sein mochten, die sie dokumentierenden Filmaufnahmen, die Anlässe, zu denen die Väter die Kamera hervorholten, ähnelten sich bis in einzelne Einstellungen hinein auf frappierende Weise. Erste torkelnde Gehversuche von Kleinkindern, Ostereiersuche im Garten, Picknick mit Lagerfeuer, Geburtstagskuchen mit wachsender Kerzenzahl. Oktoberfest, Skiausflüge, lachend abwehrende Großmütter, Bescherung am Heiligen Abend. Mir schwebte ein experimenteller Essayfilm vor, in dem ich das Material all dieser Familien so zusammenschnitt und durch einen OFF-Kommentar miteinander verband, dass am Ende ein fiktionaler Handlungsbogen entstand. Eine erfundene Familiengeschichte gebaut aus dem Stückwerk authentischer Bilder. Wahrhaftiges Material in einem neuen, imaginierten Zusammenhang. Nichts gestellt und doch alles erfunden. Das war ungeheuer gut – zumindest glaubte ich das.

Unter den Filmrollen meiner eigenen Familie fanden sich auch einige, die noch vor der Geburt von uns Kindern entstanden waren. Immer wieder aufs Neue empfand ich ungläubiges Erstaunen, wenn ich die Aufnahmen meiner jungen Eltern sah – beide damals noch keine dreißig Jahre alt –, wie sie vor der Kamera keck für den anderen posierten, und einen seltsam diffusen Schmerz bei dem Gedanken, dass es tatsächlich eine Zeit gegeben hatte, in der sie einander vollkommen genug und nicht in erster Linie Eltern gewesen waren, dass sie zu dem Zeitpunkt der Aufnahme nicht nur deutlich jünger waren, kaum älter als ich nun, sondern vielleicht auch glücklicher. Denn aus den wie nebenbei gemachten, oft verwackelten oder unscharfen Bildern sprach die blanke Verliebtheit. An einer von den anderen Spulen etwas abgesetzten Stelle seines Kellerschranks entdeckte ich eine von meinem Vater in der mir so vertrauten Handschrift nur mit *Sommer '67* beschriftete, ungeschnittene Rolle von etwa vier Minuten Länge, auf der meine Eltern abwechselnd unter der riesigen Krone eines wilden Apfelbaums zu sehen sind, meine Mutter, noch mit hüftlangem Haar, wie sie vergeblich hüpfend die untersten Äste zu erreichen versucht, dann trotzig ein Stück Fallobst vom Boden aufnimmt, um es nach dem Mann hinter der Kamera zu schleudern, nach meinem Vater, der gleich darauf mit nacktem Oberkörper den Baum erklimmt und in der nächsten Aufnahme schon wieder unten steht, stolz seine frisch gepflückte Beute präsentiert, hineinbeißt in den unreifen Apfel und das Gesicht verzieht. In der letzten Einstellung, bevor der Film abbricht, ist wieder sie im Bild, wahrscheinlich Stunden später, denn die Sonne steht deutlich tiefer, das Gesicht meiner Mutter liegt nun im Schatten des mächtigen Baumes, und sie hält erneut einen Apfel in der Hand, streckt ihn der Kamera entgegen, sagt lachend etwas, das ich auch beim wiederholten Ansehen nicht entschlüsseln konnte, und als die freie Hand meines Vaters sich überdimensional groß von der Seite ins Bild schiebt, um nach dem Apfel zu greifen, zieht sie ihn schnell zurück, nur um ihn in neckischem Spiel unmittelbar darauf erneut anzubieten. Ich legte die kleine Filmspule wieder und wieder ein, etwas irritierte mich an dieser in ihrer Nettigkeit doch belanglosen Szene, und es dauerte eine Weile, bis ich verstand, was es war: Ich kannte diese Geste und diesen Gesichtsausdruck meiner Mutter nicht. Alles sonst an ihr und auch an den wenigen Aufnahmen, die meinen Vater zeigten, war mir tief vertraut, die Art, wie sie, wenn sie sich unbeobachtet fühlte, konzentriert die Lippen verzog, die in die Seiten gestützten Hände, die hervortretenden Wangenknochen, wenn sie sprach und gleichzeitig lächelte, auch der jugendliche Eifer im Gesicht meines Vaters, seine im Verhältnis zur Körpergröße auffällig kurzen Schritte, seine joviale Handbewegung, all das kannte ich mit der Eingeweihtheit des Nachkommen, in jeder einzelnen Regung verrieten sich bereits die Menschen, die Jahre später meine Eltern werden würden – nur in diesem einen Ausdruck nicht. Nicht in jener lockenden Geste meiner Mutter, die ihr Gegenüber, das nun, da ich mich fast dreißig Jahre später diesen Aufnahmen gegenüberfand, ich selbst war, mit einem Apfel ködert und diesen nach einer Sekunde des Zögerns, in der sie sich scheinbar verschämt auf die Unterlippe beißt und zu Boden blickt, zurückzieht und augenblicklich loslacht, als sei sie selbst überrascht worden.

Als ich vierzehn war und meine Schwester Linn sechzehn, machten wir mit unserer Mutter zum letzten Mal Familienurlaub, an der französischen Atlantikküste, ohne unseren Vater, der in jenem Sommer wegen eines längeren berufsbedingten Auslandsaufenthaltes nicht mit uns verreisen konnte. Im Vorfeld war meine Mutter nicht müde geworden zu betonen, wie sehr sie diese »Hausfrauen-Clubs« verachte, diese einfallslose, ja virtuelle Art des Reisens, eingepfercht wie in einem Reservat auf einem von dem Reiseland abgetrennten Territorium, ohne Kontakt zu Einheimischen und gewachsener Kultur. Geradezu übel, sagte sie bereits Wochen vorher, werde ihr bei dem Gedanken an die deutschen Touristen, die tagsüber am Pool die Bild-Zeitung über ihre käsigen Bierbäuche halten und abends mit gepanschten Cocktails in der Hand deutsche Schlager intonieren. Dass ausgerechnet sie, die die europäischen Sprachen und die romanische Kultur zu ihrem Beruf gemacht habe, im hohen Alter noch mit Maxi Krause und Uschi Meier am Frühstücksbuffet für bayerische Weißwürste würde anstehen müssen, sei an trauriger Komik kaum zu überbieten. Überhaupt habe sie sich zu dieser grotesken Veranstaltung nur unseretwegen überreden lassen, schließlich könnten wir Kinder dem Kennenlernen von Gleichaltrigen und dem großen Sportangebot altersbedingt vermutlich mehr abgewinnen, als mit Mutti auf den Spuren von Louis Quinze zu wandeln, auch wenn wir davon später zweifellos mehr profitieren würden als von Trinkgelagen am Strand. Aber sie rede ja gegen Wände. Sie wolle jetzt gute Miene zum bösen Spiel machen, sich drei Wochen hinter einer Reihe interessanter Bücher verschanzen und den Kontakt mit jener beschränkten Seite der Menschheit einfach als Feldforschung betrachten. Erst als mein Vater ihr die Rechnung mit den Reisekosten vorlegte, beruhigte sie sich ein wenig und sagte, na, da kann man ja nur hoffen, dass sich das nicht jeder leisten kann. Ihren Freundinnen erzählte sie trotzdem, wir machten eine Studienreise zu den Schlössern entlang der Loire. Am Flughafen, wo wir uns noch mit Stephen-King-Romanen eindecken wollten, bestand sie darauf, uns Bücher von Stendhal und Flaubert auszusuchen. Und als bei der Handgepäckkontrolle ein übermütiger Urlauber vor uns *Vamos a la playa* anstimmte, rollte unsere Mutter mit den Augen und zischte, also, Kinder, bon voyage, auch diese Reise wird vorübergehen, honni soit qui mal y pense.

Die Befürchtungen meiner Mutter wurden sogar noch übertroffen. Und es wurde der beste Sommer meiner Jugend. Bei unserer Rückkehr drei Wochen später war ich ein anderer, ein neuer, ein besserer Mensch. Ich hatte zum ersten Mal ein Mädchen geküsst, hatte aus Strohhalmen flaschenweise Pastis getrunken, dreimal Übergeben und zwei Filmrisse gezählt und bei dem Tennisclubturnier erst im Finale gegen einen deutlich älteren Gegner nach hartem Kampf verloren.

Linn schaffte es mühelos, sich ein halbes Dutzend Mal unsterblich zu verlieben, vorzugsweise in deutlich ältere Franzosen mit Rastalocken, die sie morgens am Pool mit »Bonjour, ma belle« begrüßten und sich darum rissen, sie einzucremen. Als ihr kleiner Bruder genoss ich einen komfortablen Sonderstatus. Die coolsten Typen des ganzen

Clubs (inklusive Animateure) boten sich mir reihenweise als Tischtennis- oder Bocciapartner an, und auf die unvermeidbare Frage, ob sie Chancen bei meiner Schwester hätten, antwortete ich, so wie es Linn mir eingebläut hatte: Auf jeden Fall, sie sei eben nur sehr unsicher und scheu und könne es nicht so zeigen. Natürlich war das Gegenteil der Fall. Am Strand war Linn die Einzige weit und breit, die sich oben ohne sonnte.

Die Tage verbrachten wir unablässig pendelnd zwischen Aktivitäten am Pool, Surf- und Golfkursen, grotesk üppigen Speisebuffets und dem Strand, wo die Jugendlichen in riesigen Handtuch-Camps zusammenlagen, Musik hörten, Pläne für den Abend schmiedeten, flirteten.

Beim Abschied vom Club Da Balaia vollführten Linn und ich unter Tränen am Fenster des Busses klebend und den Animateuren draußen winkend noch einmal die Verrenkungen des Clubtanzes, des »Jingle«, hörten über Walkman traurige Songs von Phil Collins und Roxette und überredeten unsere Mutter, am Flughafen bei einem sündhaft teuren Ein-Stunden-Service unsere Fotofilme entwickeln zu lassen. Linn weinte im Flugzeug und auch noch Wochen später in das Halstuch, das der Surflehrer Jean-Luc ihr geschenkt hatte, und schrieb seinen Namen nach Beginn des neuen Schuljahres hundertfach auf den Innendeckel ihres Ordners.

Doch inmitten unseres rücksichtslosen pubertären Vorwärtsdranges hatten wir nicht bemerkt, dass das eigentliche Drama sich ganz woanders abspielte, direkt vor unseren Augen.

Linn und ich schliefen im Club in einem eigenen Zimmer, das ich in mehreren Nächten für Stunden zu räumen hatte, weil Linn sich mit Marc oder Gael oder Ron *aus-*

sprechen musste, und so nahmen wir meist nur noch das Frühstück zusammen mit unserer Mutter ein, bevor wir zu unseren Sportkursen gingen oder uns den anderen Jugendlichen anschlossen. Sonst sahen wir sie tagsüber kaum. Sie blieb in ihrer Abwehrhaltung gegenüber dieser Form des »Instant-Urlaubs«, wie sie es nannte, ziemlich lange konsequent. Die ganze erste Woche über wussten wir sie am Strand ein gutes Stück abgesetzt von den anderen Urlaubern im Schatten der Felsen mit ihren Büchern, manchmal sahen wir sie betont aufrecht und langsam zum Wasser schreiten und sich abkühlen, immer allein, und wenn Linn und ich es nicht mehr mit ansehen konnten und sie besuchten, winkte sie schon von weitem ab, ne, lasst mal gut sein, Kinder, eure alte Mutter kommt schon zurecht, hat man denn nicht mal im Urlaub seine Ruhe?

Einige Male übertrieb sie. Anstatt sich Abend für Abend auf der Showbühne die Darbietungen der Animateure anzusehen und zum Abschluss mit allen anderen das Clublied anzustimmen, fuhr sie zu horrenden Preisen mit dem Taxi in die umliegenden Ortschaften zu Chansonabenden, Stierkämpfen oder einfach nur, »um endlich mal eine echte französische Vinaigrette zu schmecken«. Beim Abendessen im Großen Saal, zu dem sie stets in sorgfältig ausgesuchter Abendgarderobe, geschminkt und nicht ohne ihren Schmuck erschien, konnte es vorkommen, dass sie, gelangweilt von ihren Tischnachbarn und deren Gesprächen, *Le Monde* oder eine andere französische Zeitung aus ihrer Tasche nahm, zu lesen begann und bis zum Dessert kein einziges Wort mehr sprach. Die anderen, das war nicht zu übersehen, verständigten sich mit vielsagenden Blicken, man war sich einig gegenüber so offen zur Schau getragener Arroganz. Und genau das genoss sie.

Dann, gegen Ende der zweiten Woche, musste etwas geschehen sein. Sie habe sich zum Wasserballett angemeldet, sagte sie uns eines Morgens beim Frühstück, und als wir sie ungläubig ansahen und auf eine Auflösung warteten, fügte sie an, na, nun tut mal nicht so, ihr Klosterschüler, gehört schließlich alles zur Feldstudie. Und ein paar Pfunde weniger könnten ihr schließlich auch nicht schaden.

Was in den nächsten Tagen folgte, war jedoch nichts weniger als eine vollkommene Verwandlung. Wie sich herausstellte, hatte sie sich nicht nur in die Liste für Wassergymnastik eingetragen, sondern auch für Aerobic, Bogenschießen, Tauchen sowie für eine Gruppenstunde Tennis und einen Golf-Anfängerkurs. Zum Frühstück kam sie nun in einem luftig um Oberkörper und Taille gewundenen Strandtuch, mit ins Haar gesteckter Sonnenbrille und setzte sich, da sie jetzt wegen ihrer Kurse deutlich früher aufstand als Linn und ich, regelmäßig an einen Tisch mit zwei irischen Lehrern und einer alleinstehenden Buchhändlerin aus Kassel namens Ingeborg – oder Inge, wie unsere Mutter sie bald nannte. Die beiden waren in der dritten Woche fast nur noch gemeinsam anzutreffen. Am Pool hielten sie sich gegenseitig Liegen frei (ihr straffer Terminplan erlaubte nur noch selten Ausflüge an den Strand), spielten stundenlang an der Hawaii-Bar Backgammon und tranken schon am späten Nachmittag ihren ersten Caipirinha.

All das beobachteten wir mit wachsender Verwunderung, konnten es uns nicht erklären, waren aber letztlich zu sehr mit uns selbst beschäftigt, als dass wir uns ernsthaft Gedanken darüber gemacht hätten. Spätnachts, wenn Linn und ich vom Strand oder aus der Clubdisco kamen und auf unser Zimmer gingen, sahen wir unsere Mutter nun bisweilen noch als eine der Letzten in der Bar sitzen, mit Inge und ein paar von den älteren Animateuren, laut und ausgiebig lachend, ganz gegen ihre Natur, und als sie einmal durch Zufall zu uns in den Fahrstuhl balancierte, nicht mehr wusste, welches Stockwerk sie drücken musste, und Linn sie anfuhr, Mami, was geht denn eigentlich ab mit dir, da brach sie in Tränen aus, nur kurz, nur zwei laute Atemzüge lang, schüttelte den Kopf und sagte, ach Kinder, ich weiß ja auch nicht, was hier passiert. Sie stank nach süßen Cocktails und Rauch. Wir brachten sie ins Bett, Linn blieb noch bei ihr sitzen, bis sie eingeschlafen war.

So überzogen uns auch die Radikalität ihrer früheren Ablehnung des Clublebens erschienen war, so wenig gefiel uns jetzt ihre plötzliche, unerklärliche Wandlung, ihre widerstandslose Anpassung. Wir begannen nun tagsüber öfter nach ihr zu sehen und uns gegenseitig Bericht zu erstatten. Wie Eltern, die ihr Kind nicht aus den Augen lassen wollen, verliefen wir uns regelmäßig wie von ungefähr an den Pool, wo sie im Nichtschwimmerbereich mit einem Dutzend anderer Damen zu einem aggressiv wummernden Song von Dr. Alban gymnastische Übungen machte oder mit einer Sauerstoffflasche auf dem Rücken das richtige Atmen unter Wasser übte. Trafen sich unsere Blicke bei einem dieser Kontrollgänge, verdrehte sie die Augen, als wollte sie sich entschuldigen, dass wir sie so sehen mussten. Und tatsächlich, wenn ich sie abends nach den Showdarbietungen im Publikum erspähte, wie sie hilflos versuchte, inmitten der hemmungslos singenden, im Rhythmus sich wiegenden Urlaubermassen, ihrem Körper den richtigen Bewegungsablauf des Clubtanzes abzuringen, wobei sie nervös auf die Verrenkungen ihres Vorder- oder Nebenmanns schaute, aus dem Takt geriet und angespannt den Mund verzog anstatt den Text mitzusingen, oder nachmittags, wenn ich sie auf dem Golfplatz fand, in Bikini und Badeschlappen immer wieder an dem kleinen weißen Ball vorbeischlagend und mit einem schnell und leise gezischten »Scheiße« sich selbst bestrafend, dann empfand ich manchmal ein unangenehmes Gefühl zwischen Verachtung und Mitleid und wusste nicht, ob ich sie in den Arm nehmen und wegführen oder mich abwenden und sie für immer sich selbst überlassen sollte. Ich stellte mir vor, dass sich so ein Vater fühlte, dessen Kind sich bei einer Schulaufführung blamierte oder im Fußballverein immer nur auf der Bank saß.

Außer den Fotos blieb von diesem Sommerurlaub ein halbes Dutzend von mir mit der alten Super-8-Kamera meines Vaters gedrehter Filmrollen, im Ganzen etwa 25 Minuten Material, das ich nie zusammenschnitt und mir bis zu meinen Recherchen für *Die Achte Welt* kaum öfter als zwei- oder dreimal angesehen hatte. Erst als ich nun Jahre später kistenweise Super-8-Filme sichtete, fielen mir die kleinen schwarzen Spulen wieder in die Hände. Mit dem Rattern des Projektors kam alles zurück. Die endlosen Dünen, die Handtuchlager, die schüchtern mit neu angekommenen Mädchen geteilten Walkmanohrstöpsel, Linns Verehrerschar. Obwohl die Farben und die Tonlosigkeit und die leicht verlangsamten Bewegungen die heraufbeschworenen Erinnerungen mit einem Maß an nostalgischer Patina belegten, die keine Fotografie und erst recht keine Videoaufnahme jemals erreichen können, empfand ich eine merkwürdig heftige Enttäuschung; nicht nur wegen technisch-ästhetischer Mängel, sondern auch wegen der offensichtlichen Banalität dieser Aufnahmen. Die Szenen lösten einander hektisch ab, kaum ein Bild stand einmal länger als zwei, drei Sekunden, immer drängte ein unnötiger Zoom in die Unschärfe oder ein Schwenk in die Leere. Unmöglich konnten diese Frühpubertären dort und ihre Versuche, sich mit den unbeholfenen Bewegungen junger Tiere für die Kamera in Pose zu bringen, konnte diese lächerliche Harmlosigkeit glücklicher Kindheiten in Einklang gebracht werden mit der leidenschaftlichen, alles bis dahin Erlebte auf den Kopf stellenden Bedeutung, die jene drei Wochen in meinem Gedächtnis hatten. Obwohl ganz offensichtlich unbrauchbar für meinen geplanten Essayfilm, sah ich mir alle sechs Filme noch einmal an, vermutlich auf der Suche nach irgendetwas, das die verstörende Verschiebung von Erinnerung und den vor mir ablaufenden Filmbildern wieder geraderücken, ja, diese vergessen machen konnte. Das bedingungslose, ungebrochene Fühlen dieser Zeit, es musste sich doch irgendwo in den Bildern wiederfinden. Stattdessen sah man schmächtige verpickelte Jungs gelangweilt 4 gewinnt spielen.

Irgendwann fand ich Ruhe bei dem Gedanken, dass Verklärung nicht nur zum Wesen der Erinnerung gehört, sondern auch zur Jugend selbst, so dass jene Inkongruenz, die mich dort im abgedunkelten Keller so schockierte, in Wirklichkeit die größtmögliche Deckung zwischen Empfinden und Erinnern bedeutete. Doch noch wollte ich Eindeutigkeit und Wahrheit. Hätte ich nicht so gestaunt über die Täuschungen, denen uns Erinnerung und vorgeblich objektive Film- oder Fotobilder gleichermaßen aussetzen, und hätte ich deshalb die Filme nicht noch ein drittes Mal eingefädelt und projiziert, ich hätte den Grund für das eigenartige Benehmen meiner Mutter in jenem Sommer vermutlich nie erfahren.

Ich entdeckte sie im Bildhintergrund einer Aufnahme, die ich wohl in der seichten Brandung stehend gemacht hatte. Zwei der älteren Jugendlichen hatten jeweils einen Partner auf die Schultern genommen und rangen miteinander, zwei doppelköpfige Seeungeheuer, bis eines der beiden gefallen und im flachen Wasser versunken war. Die Kampfszene dauerte nicht länger als zwanzig Sekunden. Als der eine Menschenturm nachgab und zusammenstürzte, spritzte Wasser gegen die Kameralinse, das das einfallende gelbe Spätnachmittagslicht zu vielfarbigen Kristallen auffächerte. Ich war offenbar in einem Halbkreis um die Ringenden gewatet, verlor sie dabei immer wieder aus dem Bildrahmen. Die Aufnahme war schlichtweg misslungen, größtenteils verwackelt oder im Gegenlicht bis zur Unkenntlichkeit verdunkelt, der Fokus falsch eingestellt, so dass nicht das eigentliche Kampfgeschehen scharf zu erkennen war, sondern der Bildhintergrund, die Hotelanlage, der Kiosk und die Menschen am Strand. Da erkannte ich plötzlich meine Mutter. Deutlich und unverkennbar stand sie dort im Sand wenige Schritte unterhalb des Surfstandes in der orange leuchtenden Schwimmweste, mit der sie anscheinend gerade ihren Kurs absolviert hatte. Ich erschrak wie jemand, der träumt, dass er stürzt und fällt und fällt. Sie war nicht länger als drei oder vier Sekunden im Bild, und ihr gesamter Auftritt war eine einzige runde Bewegung, ebenjene Geste, mit der sie vor fast dreißig Jahren ihren späteren Ehemann gelockt und geneckt hatte und die ich Tage zuvor auf dem alten Super-8-Film immer wieder betrachtet hatte. Genau genommen geschah in dieser kurzen Sequenz nichts anderes, als dass meine Mutter einem gebräunten, stämmig gebauten, von schräg hinten aufgenommenen und damit nicht zu identifizierenden Mann, der gerade aus dem Wasser kommt und müde ein Surfbrett am Segel hinter sich her über den Sand zieht, dass sie diesem

Mann etwas entgegenhält, eine Sonnenbrille, wie ich glaubte zu erkennen, und diese, sobald er die Hand danach ausstreckt, rasch wieder wegzieht, worauf sie den Kopf in den Nacken wirft und lacht. Im nächsten Moment verlor die Kamera sie wieder aus dem Blick, schwenkte ruckartig zurück zum Meer. Das war alles. Auch auf dem restlichen Material, das ich nun noch ein letztes Mal im langsamen Vorwärtslauf Einstellung für Einstellung prüfte, war sie nicht noch einmal zu finden. Und doch fügte sich plötzlich alles zu einer einfachen Gleichung zusammen. Ich stellte mein Zimmer auf den Kopf, kramte die Fotoalben aus den Regalen und besah hektisch, dann immer ruhiger genau jedes einzelne Bild in der Annahme, sie und den mir unbekannten Mann dort irgendwo zu entdecken, in aller Eindeutigkeit, Hand in Hand vielleicht. Doch ich suchte vergeblich und wusste nicht, ob ich enttäuscht oder erleichtert darüber war. Erst jetzt fiel mir auf, dass ich in diesen drei Wochen kein einziges Foto von meiner Mutter gemacht hatte.

Beim Abendessen gab ich eine alberne Vorstellung. Wie ein Untersuchungsrichter starrte ich meine Mutter mit düsterer Miene über den Tisch hinweg an, und als sie fragte, was denn los sei, ob ich denn nicht essen wolle, lächelte ich süffisant und sagte so langsam und bedeutungsschwer, wie ich es nur hinbekam, nein, mir ist der Appetit vergangen. Darauf lachte mein Vater, ohne von seinem Fisch aufzusehen, und ich sah ihn überlegen an. Da ich nicht wusste, was ich mit meinem Verhalten eigentlich bezweckte, versuchte ich noch einen theatralischen Abgang, erhob mich bedächtig und sagte, ich würde mich gerne zurückziehen, ich hätte noch einen Brief zu beantworten. Es klang, als wollte ich mein Testament aufsetzen. Wer hat denn geschrieben, fragte meine Mutter mit vollem Mund, und ich sah sie, schon in der Tür stehend, durchdringend an, dann meinen Vater, der seinen Fisch erfolgreich zerlegt hatte, dann wieder sie und sagte schließlich, ein alter Bekannter aus Frankreich, aus Da Balaia vor fünf Jahren, weißt du noch? Sie erschrak, kein Zweifel. Sie blickte auf ihren Teller, nahm einen Schluck Wasser. Ich blieb einfach stehen. Ein paar Sekunden schwiegen alle, dann sah mein Vater auf und fragte, ob noch Salat da sei. Meine Mutter legte ihre Gabel so vorsichtig auf den Teller, als spielte sie Mikado, und antwortete, ohne mich dabei anzusehen, natürlich weiß ich das noch.

Ich hatte keine Ahnung, was ich tun sollte. Also rief ich Linn in Amerika an. Seit ihrem Abi lebte sie in Chicago. Ich erzählte ihr alles haarklein, und je genauer ich ihr die Zufallsentdeckung beschrieb, jene Geste des Lockens und Kokettierens, die ich vorher an unserer Mutter noch nie und nun innerhalb weniger Tage zweimal auf verschiedenen Filmen gesehen hatte, desto unsicherer wurde ich, ob das alles auch nur den geringsten Sinn ergab. Doch natürlich wusste Linn sofort, wovon ich sprach. Sie ließ mich ausreden, ich hörte, wie sie sich eine Zigarette anzündete, dann sagte sie, gute Arbeit, Sherlock Holmes, aber jetzt sag bloß, dass du damals nichts davon mitbekommen hast.

Linn hatte es die ganze Zeit gewusst. Sie erzählte mir, wie sie an jenem Abend, als uns unsere Mutter betrunken im Fahrstuhl begegnet war, noch lange an ihrem Bett sitzend mit ihr gesprochen hatte und wie ihr während deren Beichte mit einem Mal der Kreislauf des Lebens ganz deutlich geworden sei. Für sie sei diese Nacht auch im Rückblick tatsächlich eine Art Wachablösung gewesen, im wahrsten Sinne des Wortes, denn wie besorgte Eltern am Bett ihres fiebrigen Kindes habe sie bis zum Morgen neben der Mutter gewacht. Danach, in den letzten Tagen unseres Urlaubs und auch später, hätten sie nie wieder darüber gesprochen. Aber sie erinnerte sich noch genau an den Morgen unserer Abreise und daran, dass unsere Mutter, obwohl der Himmel bedeckt war, die ganze Busfahrt über bis zum Flughafen die Sonnenbrille nicht abgenommen und bis zu unserer Landung in München praktisch nichts gesagt habe. Letztlich wisse sie auch nicht mehr, als dass sie, während wir Jungen noch sicher glaubten, das Monopol zu haben über nächtliche Treffen am Strand, vielsagende Blicke tagsüber am Pool, stundenlanges Auswählen der Abendgarderobe und kleine, unter der Zimmertür hindurchgeschobene Zettel, dass sich unsere Mutter direkt vor unseren Augen noch einmal, und so rückhaltlos wie kaum jemals zuvor, verliebt hatte in einen der Clubanimateure, einen Spanier namens Frederico, wie Linn glaubte sich zu entsinnen, der vor allem Golf- und Surfkurse gab. Linn sprach vollkommen ruhig mit mir. Nur als ich kurz aufbrauste und zu erfahren forderte, was genau denn da gelaufen sei, ob sie Betrug begangen habe, fuhr sie mich an, jetzt spiel dich mal nicht so auf, darum geht es doch gar nicht, warum kapierst du das denn nicht!

Ich verwarf die Idee für meinen Essay-Film noch am selben Abend. Projektor und Filmspulen verstaute ich wieder im Schrank meines Vaters und ging früh ins Bett. In den folgenden Wochen konnte ich mir manche versteckte Anspielung nicht verkneifen. Ich hatte das Gefühl, meine Mutter bestrafen und ein Gleichgewicht innerhalb der Familie wiederherstellen zu müssen. Einmal ließ ich scheinbar achtlos das Fotoalbum mit den Da-Balaia-Fotos gut sichtbar auf meinem Schreibtisch liegen, und als ich beim Abendessen wie nebenbei in die Runde fragte, ob wir nicht im folgenden Sommer, wenn Linn aus Amerika zurück sei, noch einmal Familienurlaub machen wollten und warum eigentlich nicht wieder im Club Med in Frankreich, wo es uns doch so gut gefallen habe, da blickte mich meine Mutter über den Tisch hinweg an und sagte langsam und streng, wenn du etwas Bestimmtes wissen willst, dann frag mich doch einfach. Sonst nichts, und in die darauf eintretende Stille hinein, in der nur das leichte Schmatzen meines Vaters zu hören war, lachte er plötzlich, na, versuch das mal deiner Mutter schmackhaft zu machen, weißt du denn nicht mehr, was das damals für ein Theater war?

Ein halbes Jahr später, am Neujahrsmorgen, als Linn und ich noch von der Silvesterfeier geschlaucht in der Küche Kaffee tranken, hörten wir jene uns aus Kindertagen zutiefst vertrauten Geräusche, mit denen unser Vater im Keller die Super-8-Ausrüstung aufbaute. Bald saßen wir links und rechts vom Lichtkegel und lachten über Mode und Haarschnitte der siebziger Jahre, sahen Filme von Siedlungsfesten, Kindergeburtstagen, ersten Schultagen, und mir fiel zum ersten Mal auf, dass ich fast ausnahmslos ängstlich oder weinerlich in die Kamera blickte. Würde man allein diese Aufnahmen kennen, müsste man glauben, ich hätte eine kreuzunglückliche Kindheit gehabt. Zum Schluss schob ich meinem Vater noch unauffällig einen der Da-Balaia-Filme zu, sagte, keine Ahnung, was da drauf ist, ist nicht beschriftet, und als der Strand sich vor uns auftat und das Meer, nickte Linn heftig und sagte, war ja klar, Sherlock Holmes, ganz toll, ganz tolle Idee. Ist schon gut, sagte meine Mutter, ich will das auch sehen, und sie verlangte, auch noch die anderen fünf Filme einzulegen. Dann sagte lange keiner etwas, nur mein Vater murmelte immer wieder, als wollte er seiner Frau Rückendeckung geben, dieses Clubleben, schon eine ganz eigene Welt, eine ganz irreale Welt.

Für Aoibheann

Nina Jäckle

Gleich nebenan

Roman

Nirgends gedeihen Hass und Verbrechen so gut und verborgen wie innerhalb einer Familie.

Nichts ist harmlos im ländlichen Irgendwo. Ein Mann ist ertrunken, ein Mädchen ist vor Jahren verschwunden, in der Dorfbäckerei dampfen Gerüchte. Im Rhythmus ihres unverwechselbaren Tonfalls spinnt Nina Jäckle ganz langsam ihre Fäden, und nach wenigen Seiten zappelt der Leser im kunstvoll gewebten Netz der Geschichte.
Gleich Nebenan ist eine meisterhaft inszenierte Suche nach alter Schuld, spannend wie ein Krimi und komponiert wie ein Gedicht.

»Jäckles Sprache ist wie Musik, die zärtlich, manchmal komisch das Erzählen zum Sinn des Daseins macht, auch wenn einem am Ende die Worte fehlen.«

Glamour

BERLIN VERLAG